KB154552

미화리의 영화처방 편지

엔딩까지 천천히

* 이 책은 왓챠피디아에서 진행한 영화처방 이벤트에서 시작되었습니다.
책에 실린 고민*Cookie*은 실제 사연 편지를 다듬은 것이며 이름은 임의의
이니셜로 바꾸어 달았습니다.
* 영화, 드라마의 제목과 인물명은 통용되는 표기를 사용했습니다.
* 영화, 드라마, 음악, 시 등의 작품은 〈 〉로, 책은 《 》로 묶었습니다.

엔딩까지 천천히

미화리의 영화처방 편지

초판 1쇄 발행 2024년 6월 10일

지은이 이미화
디자인 스튜디오 고민
펴낸곳 오후의 소묘

출판신고 2018년 8월 30일 제 2018-000056호
sewmew.co.kr@gmail.com

ISBN 979-11-91744-34-7 03810

미화리의 영화처방 편지

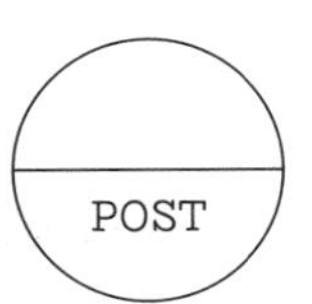

엔딩까지 천천히

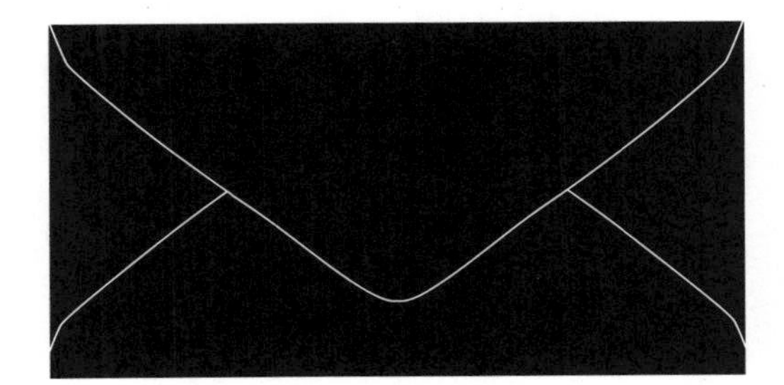

Slowly until The End

°영화가 우리에게 해줄 수 있는 건 영화의 결말을
보여주는 일이라는 것. 도중에 꺼버리지만 않는다면
어떤 주인공이든 결말을 향해 나아간다는 것.

이미화 지음

오후의소묘

1

우리가 꿈꾸는 엔딩으로

2

나를 잘 돌보기 위해

3

좋아하는 일을 계속할 수 있을까

4

부디 사소한 이유로 살아주세요

우리가 꿈꾸는 엔딩으로

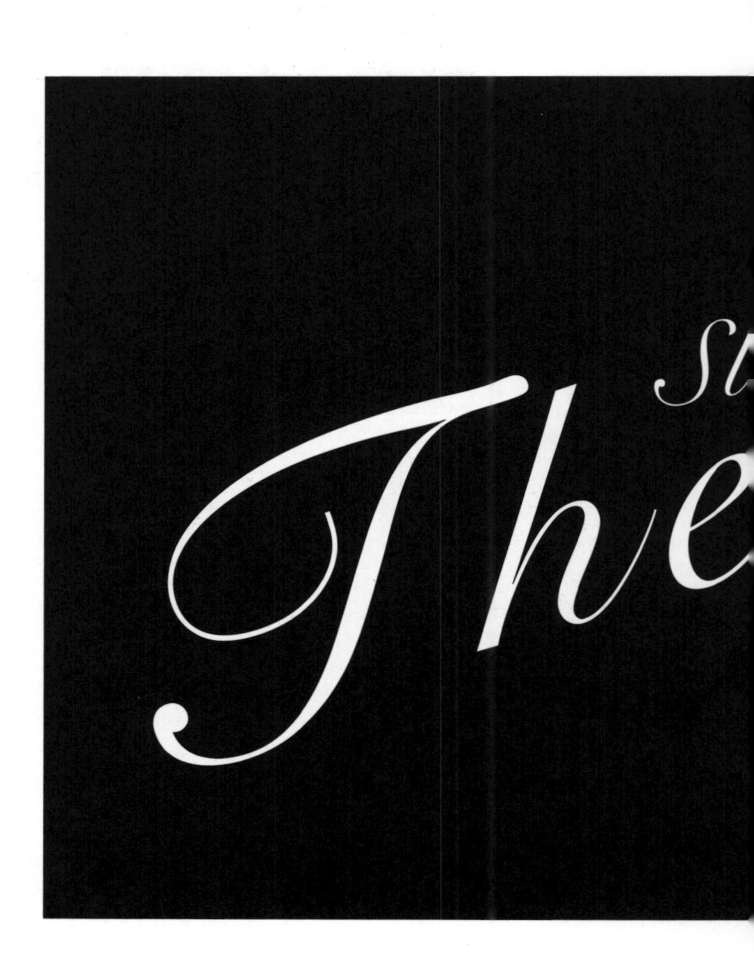

1

ly until

End

우린 그런 것들을 사랑했어요.

“너는 네 꿈을 지켜야지”

우리가 못 자는 이유

내게는 사소한데 비범한 능력이 하나 있습니다. 나한테는 너무 익숙해서 특별한 줄 몰랐다가 다른 사람들은 그렇지 않다는 걸 알고 깜짝 놀란 능력인데요. 항상 그런 건 아니지만, 높은 확률로 자기 전에 상상한 일이 꿈에 등장합니다. 꿈꾸고 싶은 장면을 구체적으로 상상할수록 성공률이 높아지고요. 낮에 본 장면이 그대로 재현되기도 합니다. 어릴 때 본 만화의 스토리를 지금까지 꽤 정확히 기억하는 비법이기도 합니다. 꿈에서 몇 번이나 돌려본 이야기거든요. 최애 아이돌이 꿈에 자주 등장해 친구들의 부러움을 산 것도 모두 같은 이유입니다. 수험의 압박에서 도망치고 싶을 때나 꿈속으로 도피하고 싶을 때마다 눈을 감고 공들여 행복한 장면을 상상하던 날들의 산물이랄까요.

하지만 꿈속으로 도피해도 소용없는 현실적인 문제들이 있다는 걸 아는 30대 중반의 미화리는 다른 이유로 잠에 들지 못합니다. 월세 걱정, 책방 재고 걱정, 마감 걱정, 건강 걱정, 나라 걱정에 지구 걱정까지 하다가 새벽이 되어서야 내가 당장 해결할 수 없는 일이라는 걸 인정하듯 선잠에 빠집니다. 걱정이 극에 달하는 시기에는 몽롱한 정신으로 어리석은 선택을 일삼는데요. 패배주의와 자괴감에 빠져 꼴사나운 상태가 됩니다. 몇 주째 두통에 시달리다가 신경외과에서 받아온 약을 먹고 기절하듯 잔 다음 날 아침에서야 개운해진 정신으로 머쓱해집니다. 이제 수면 부족이 저지른 일들(준비하던 행사를 취소해 버렸거나 메일을 잘못 보냈거나 SNS에 헛소리를 썼거나)을 수습할 시간입니다.

새벽 세 시, 나처럼 뜬눈으로 밤을 지새우는 두 사람이 있습니다. 편의점에서 아르바이트를 하며 생계를 유지하는 웹툰 작가 지망생 영재와 경제적인 이유로 부모님 집에 얹혀사는 극작가 유정입니다.

"벌써 2년이나 됐어요. 처음엔 나한테 재능이 없는 건 아닌가 걱정이 돼서 잠이 안 오더니, 뭐 없으면 어때? 끈기가 있으면 됐지 했더니만 버티는 것도 염치가 없어져서 또 잠이 안 오고. 다 포기하면 잠들 수 있을 줄 알았는데. 모르겠어요, 이젠. 왜 잠이 안 오는지도. 그냥 밤에 자려고 누우면 등에서 식은땀이 나."

단막극 〈우리가 못 자는 이유〉의 두 주인공 영재와 유정은 극심한 불면증에 시달립니다. 체력을 소모하려고 밤마다 줄넘기를 해봐도, 명상을 해봐도 도무지 잠에 들지 않습니다. 이들이 불면증에 시달리는 이유는 불안 때문입니다. 꿈과 현실 사이에서 아무것도 선택하지 못하고 이도 저도 아닌 채로 시간을 낭비할 것 같다는 불안감.

극단이 해체되고 모아놓은 돈 한 푼 없이 부모님 집으로 돌아온 유정은 이제라도 취업을 하려고 하지만 이력서를 넣는 곳마다 불합격입니다. 서른이 코앞인데 극단에서 꿈을 펼치느라 취업에 필요한 경력을 쌓을 시간이 없었거든요. 가만히 누워 앞으로 어떻게 살아야 할지 고민하다 보면 어느새 동이 터옵니다.

영재라고 상황이 나은 건 아닙니다. 웹툰 작가로 데뷔하고 싶어서 카페인 음료를 들이부으며 그림을 그리지만 아르바이트 때문에 시간은 부족하고 체력도 바닥입니다. 이렇게 열심인데, 웹툰 작가 말고 다른 꿈은 생각해 보지도 않았는데, 형편 때문에 꿈에만 몰두할 수도 없는 신세를 생각하다 보면 잠이 싹 달아납니다.

"조지 버나드 쇼가 그랬걸랑요? 나는 젊었을 때 열 번 시도하면 아홉 번 실패했다. 그래서 열 번씩 시도했다. '희망을 품지 않는 자, 절망할 수도 없다.' 이게 다 멋있는 개소리거든. 가진 거 없는 사람이 괜한 희망 같은 거 품고 여덟 번 아홉 번 시도했다가 그나마 가진 것도 다 털린답니다."

라고 말하는 유정의 눈에는 지켜낼 꿈이 사라진 자신보다 매일 코피를 쏟아가며 그림을 그리는 영재가 부럽게 느껴집니다. 가난해도 꿈꿀 수 있는 영재가, 마음만 꼭 붙잡고 있으면 백번도 더 시도할 수 있다고 말하는 영재가 대책 없어 보이다가도 피식 웃음이 납니다.

모두가 하루 끝에 누워 각자의 꿈속으로 미끄러질 때 두 사람은 붙잡지 못한 꿈 때문에 잠에 들지 못합니다. 눈꺼풀보다 무거운 고민이 유정과 영재의 숙면을 방해합니다. 극단에 미련을 버리지 못하는 유정은 다시 연극으로 돌아가야 할까요? 영재는 언제 웹툰 작가로 데뷔할 수 있을까요? 더 나이 들기 전에 하루 빨리 그만두어야 할까요? 지금까지 해온 시간이 아까우니 계속해야 할까요? 아쉽지만 명쾌한 해답 없이 드라마는 끝이 납니다. 다만 몽롱한 정신으로도 한 가지만큼은 또렷이 알게 돼요. 자신들이 최선을 다해 이루려 하는 꿈이 무엇인지를요.

"우린 그런 것들을 사랑했어요."

연극을 사랑한 유정과 만화를 사랑한 영재. 내가 이루고 싶은 게 무엇인지 명확히 알지 못한 채로 모호한 꿈을 꾸는 사람들 속에서, 자신이 지키고 싶은 꿈이 무엇인지를 정확히 기억해 낸 두 사람에게 식곤증처럼 졸음이 몰려옵니다. 왜 이렇게 졸리지~ 유정이 하품을 하면, 한숨 잘까요~ 영재가 나른하게 대답해요. 왠지 오늘 밤만큼은 두 사람 모두 깊게 잠들 수 있을 것처럼 보입니다. 잠이 없던 능력을 만들어주지도, 직장을 구해주지도, 월세를 대신 내주지도 않지만, 말끔한 정신은 줄 수 있잖아요. 고민은 여전하고 어제와 달라진 게 아무것도 없대도 말끔한 정신을 위해서 우리는 잠에 들어야 하는 게 아닐까. 두 사람의 말간 얼굴을 보며 생각했습니다. 꿈과 현실 사이에서 나를 부정하지 않을 선택은 말끔한 정신에서 가능할 테니까요.

유정은 잠이 부족해 좀비 같은 몰골을 하고 있을 때조차도, 연극에 관해 물으면 반짝반짝한 얼굴이 돼요. '돈 안 되고 아무도 몰라줘도 우리가 좋아하는 거 끝까지 한번 해보자!'라는 친구들의 편지를 버리지 못하는 유정이라면 버나드 쇼처럼 열 번의 시도를 채울지도 모릅니다. 푹 자고 일어난 다음 날 유정은 어떤 선택을 하게 될까요?

시작이 두렵습니다

우리 집은 형편이 좋지 않아 항상 불안했어요. 어릴 적 부모님은 우유배달 나가시고 우리는 집에 남아 TV 광고를 외울 때까지 보다 잠들었습니다. 그래서 돈을 많이 벌어야지, 돈은 꼭 필요한 거야, 이런 강박이 나도 모르게 내 뇌를 차지하고 있고요. 학생 때는 탈선이 두려워 학생의 본분을 지키는 것만이 내가 할 수 있는 것이라 생각했습니다. 대학도 취업이 잘되는 학과를 선택해 진학했는데, 실은 하고 싶은 일이 따로 있습니다. 어릴 때부터 영화나 드라마를 많이 좋아했고, 배우가 되고 싶어요. 지금이라도 새롭게 시작할 수 있을까요? 사실 시작을 어떻게 해야 할지도 모르겠어요. 잘하는지 재능을 타고났는지 그런 것도 모르겠습니다. 학원을 다니고 싶은데 부모님에겐 큰 부담일 테고요. 만약 시작을 한다 해도 실패를 하면 어떻게 살아가야 할지 불안감이 가장 큽니다. 전 왜 이렇게 살까요. 아니, 어떻게 살아가야 할까요.

— S

↳ PS.

어김없이 잠에 들지 못한 어느 밤, 유정은 아파트 경비원으로 일하는 아빠를 찾아가요. 은퇴 후에도 쉬지 못하고 일하는 부모에게 얹혀살면서 잠도 맘대로 못 자는 자신이 한심해진 유정은 펑펑 눈물을 쏟아냅니다. 아빠는 유정을 위로하며 이렇게 말해요.

"유정아, 여기 큰 아파트 이거 아빠가 전부 다 지키는 거야. 그래서 여기 사는 사람들, 밤마다 마음 놓고 푹 자는 거야. 우리같이 잠을 못 자는 사람들은 이렇게 세상을 지키는 거야."

그 모습이 카드사 야간 상담사로 일하는 정수현 작가의 책《깊은 밤의 파수꾼》을 떠올리게 했습니다. 드라마 작가라는 꿈을 위해 직장을 그만둔 뒤 글 쓸 시간을 확보하기 위해 야간 상담사로 일해온 지 15년째가 된 작가의 이야기를 담은 책이지요. 임시로 시작한 일이었지만 상담사로서의 재능을 발견한 뒤 콜센터 상담사를 평생직장으로 선택한 작가는 이렇게 말합니다. "하나의 길을 선택한 후에 가지 않은 길을 아쉬워하는 건 차라리 낫다"*라고요.

* 정수현,《깊은 밤의 파수꾼》, 돛과닻, 2024.

야간 상담사로 일하는 내내 자신의 진짜 삶은 시작되지 않았다고, 여전히 진짜 삶을 준비 중이라고 여기던 시간도 있지만, 자신의 직업을 '깊은 밤의 파수꾼'이라 명명할 수 있게 된 작가에게 이 일은 더 이상 무엇이 되기 전의 임시적 밥벌이는 아닌 것이겠죠. 상담사의 길을 선택하면서 잃은 것은 분명하지만 그 대신 "무언가를 위해 노력한 삶의 흔적은 남"았을 겁니다. 작가는 "지나온 수많은 밤을 기억하며 앞에 놓인 미지의 밤들을 기꺼이 살아가"겠다고 말합니다.

드라마 작가라는 꿈을 꾸다가 이제는 꿈꾸며 자는 사람들의 밤을 지키는 파수꾼이 된 정수현 작가와 유정의 아빠가 한 말을 마지막으로 들려드리고 싶었어요. 꿈과 현실의 선택지 앞에서 쉽게 잠들지 못할 S 님이 오늘 밤만은 푹 잠들기를 바라며.

"그럼 나는? 나는 뭘 지킬까 아빠?"

"너는 네 꿈을 지켜야지, 인마."

■ drama: 〈우리가 못 자는 이유〉, 강수연 연출, 2017.

논리적인 결론은 단 하나, 전진입니다.

'모퉁이의 신'을 믿어요

스탠바이, 웬디

시나리오 작법서에 빠지지 않고 등장하는 용어가 있습니다. 주인공을 뜻하는 프로타고니스트protagonist와 적대자를 의미하는 안타고니스트antagonist. 한 편의 시나리오는 결국 주인공이 적대자인 안타고니스트를 무찌르고 목표를 이루는 과정이라고 볼 수 있습니다. 목표가 원대할수록 적대자의 힘도 세지기 때문에 그만큼 주인공의 시련과 좌절도 비례해서 커집니다. 그의 앞날에 가시밭길이 펼쳐지리란 건 안 봐도 빤하죠. 이때 주인공에게 필요한 게 조력자입니다. 조력자는 문제 해결에 직접적인 도움을 주기도 하지만 슬며시 다가와 삶의 지혜나 힌트만 건네고 퇴장하기도 하는데요. 이렇게 조력자의 도움을 받아 목표를 이루면 해피엔딩, 적대자에게 가로막혀 이루지 못하면 새드엔딩이 됩니다.

인생을 이야기로 비유하는 작가가 많지요. 목표 달성 여부가 인생의 결말을 구분 짓는다는 데에는 동의할 수 없지만(원하는 것을 얻는다고 해서 해피하기만 하거나 얻지 못한다고 해서 새드하기만 한 건 아니니까요), 인생의 크고 작은 목표를 이루기 위해 넘어졌다가 일어나기를 반복하는 과정은 이야기와 크게 다르지 않다고 생각합니다. 우리 모두는 매일의 장애물을 뛰어넘으며 각자가 바라는 삶에 가까워지려 노력하고 있으니까요. 안타고니스트는 종류와 크기에 차이가 있을 뿐 삶 곳곳에 선명하게 존재합니다. 그와 반대로 조력자의 존재감은 희미합니다. 영화에서처럼 적재적소에 나타나 결정에 도움을 주거나 멍청한 실수를 반복하지 않도록 대사 한마디로 깨달음을 주면 좋을 텐데. 기다려도 기다려도 도무지 나타나질 않습니다. 현자까지는 바라지도 않아요. 나를 믿어주고 내 꿈을 지지해 줄 한 사람이면 충분한데. 현실에선 나와 가장 가까운 사람이 꿈을 방해하는 적대자로 돌아서는 경우도 허다합니다.

샌프란시스코 지역 재활센터에서 지내고 있는 웬디의

이야기를 해볼까 해요. 웬디의 목표는 TV 드라마 〈스타트렉〉 시나리오 공모전에 자신이 쓴 원고를 보내는 것입니다.

"스타트렉 시나리오 공모전이 있어. 오늘까진 부쳐야 해. 완전히 준비될 때까지 보내기 싫어서 두 번, 세 번, 네 번 확인했고 이젠 우체국에 가도 돼. 지금 부치면 제때 도착하니까 우체국 갔다가 같이 집에 가자. 우승해서 10만 달러 받으면 엄마 집 팔 필요도 없어. 집에 가면 루비도 봐줄게."

웬디가 〈스타트렉〉 공모전에서 우승하고 싶은 진짜 이유는 재활센터가 아니라 집에서 언니와 갓 태어난 조카 루비와 함께 살고 싶기 때문입니다. 하지만 언니도, 센터장도 자폐성 장애가 있는 웬디가 공모전에 당선되리라고는, 센터를 나가 집에서 생활할 수 있을 거라고는 생각하지 않습니다.

"웬디, 넌 못 해."
"어떻게 알아? 못 할지 어떻게 알아? 나 이제 집에 가도 돼, 언니. 알바도 구했고, 혼자 다닐 수도 있어. 뭐든 물어봐. 맞게 대답할게. 내 앞가림 할 수 있어."

웬디의 안타고니스트는 그러니까, 장애 그 자체이기보다 자신을 믿고 지지해 줄 사람이 없다는 점입니다. 언니와의 언쟁으로 결국 기한 내에 시나리오를 우편으로 보내지 못한 웬디는 제작사에 직접 제출하기 위해 몰래 센터를 빠져나와 LA로 향합니다. 센터장이 무슨 일이 있어도 건너지 말라고 했던 건널목을 건너고, 어렵사리 탄 LA행 버스에서 자신을 따라온 강아지 때문에 강제 하차까지 당한 웬디는 급기야 에어팟과 돈을 소매치기당하는 바람에 마치 자신이 쓴 시나리오 속 주인공처럼 낯선 거리를 배회합니다. 목적지까지 시간 내에 갈 수 있을지 막막한 상황. 웬디는 잠시 자신이 쓴 시나리오를 찬찬히 읽어봅니다.

> 항해일지. 마지막 기재. 엔터프라이즈호 실종 추정. 스팍과 나만 살아남았다. 우리의 운명은 미지수다. 스팍은 별들로 가득한 하늘을 올려다보며 이 외계 황무지의 황량한 윤곽을 살핀다. 컴컴한 심연을 들여다보며 스팍은 전에 못 보던 걸 보았다. 스팍은 죽어가는 커크를 두 팔로 안는다. 그의 함장이자 그의 친구를. 커크는 스러져가는 눈빛으로 그를 올려다본다.
> "난 안 되겠네, 스팍. 혼자 행성연방을 살리게."
> "안 됩니다, 함장님. 혼자선 아무 데도 안 갈 겁니다. 논리적인 결론은 단 하나, 전진입니다."

아무도 지지해 주지 않는 꿈. 붙잡고 나아가야 하는 건 오직 나 자신뿐인 상황에서 웬디는 전진하기를 선택합니다. 논리적인 결론은 단 하나, 전진. 마치 온 지구가 나서서 자신의 꿈을 가로막는 것처럼 방해 공작을 펼치는 중에도 웬디는 번뜩이는 기지를 발휘해 무사히 파라마운트사에 도착합니다. 언니도, 센터장도 믿어주지 않았던 일을 혼자서 해낸 것이죠. 조력자 없이도 안타고니스트를 이겨내고 스스로 목표를 이룬 프로타고니스트처럼 보입니다. 그런데 정말 그럴까요? 마감 기한 내에 파라마운트사에 도착해 원고를 전달하기까지 웬디는 그 누구의 도움도 받지 못했을까요?

웬디에게도 조력자가 있었습니다. 나는 이들을 '모퉁이의 신'이라고 부릅니다. 골목의 모퉁이를 돌 때 인간의 모습으로 나타나 도움을 주는 신 같은 존재. 누군가는 '변장한 천사'라고도 부르는 낯선 사람들입니다. 웬디가 바가지 쓰지 않게 도와준 할머니, 길에서 밤을 지새워야 하는 웬디를 위해 담요를 덮어준 터미널 직원, 〈스타트렉〉의 클링온어를 사용해 웬디를 안심시킨 경찰관, 그리고 유일하게 웬디의 시나리오를 읽어준 센터장의 아들. 웬디가 무사히 꿈에 다가갈 수 있었던 건, 웬디가 길을 잃으려 할 때마다 어디선가 나타나 다정을 베푼 낯선 조력자들 덕분이었습니다.

내 인생에 결정적인 조력자는 없을지 몰라도 가깝지 않은 거리에서 나를 지지해 주는 이들은 쉽게 떠올릴 수 있습니다. 어쩌면 이야기 밖 진짜 삶에서의 조력자는 낯선 얼굴로 찾아오는 걸지도 모릅니다. 선택과 책임은 모두 내 몫이며, 나 아닌 다른 이에게 결과를 좌우할 만큼의 영향력을 넘겨줄 수는 없으니, 내가 꿈을 놓지 않을 만큼만 응원해 주기 위해 변장한 천사가 모퉁이에서 날 기다리고 있는 것 아닐까요. "계속해 주세요." "응원하고 있어요." 결정권 없는 타인의 한마디 덕분에 우리는, 자신을 조금 더 믿어보게 되니까요.

가까운 곳에 나를 지지해 줄 사람이 없다고 느껴질 때, 적당한 거리의 타인이 보내주는 선의에 기대어 나아가는 것도 방법이라고 생각합니다. 꿈을 훼방 놓으려는 가까운 적대자들의 기운에 지지 마시길. 믿을 사람도, 버틸 원동력도 오로지 나 자신뿐인 상황일지라도 논리적인 결론은 단 하나, 전진입니다.

아무도 내 꿈을 지지해 주지 않아요

내 꿈을 누군가에게 말하기가 어렵거나, 아무도 지지해 주지 않을 때 어떻게 버텨나갈 수 있을까요?
믿을 사람도, 버틸 원동력도 오로지 나 자신뿐인 상황 속에서 응원이 필요해요.

— J

↳ PS.

J 님이 꿈과 멀어지고 있을 때 모퉁이에 서 있을게요. 부디 저를 알아봐 주세요.

movie : 〈스탠바이, 웬디〉, 벤 르윈 감독, 2017.

인공위성을 띄우는 걸 보여줌으로써 누구든 할 수 있다는 걸
보여주고 싶어요. 그렇게 되면 누구든 꿈꿀 수 있으니까요.

불가능을 꿈꾸다

망원동 인공위성

내가 도저히 이 일을 해낼 수 없을 것 같다고 느껴질 때, 불가능에 가까운 일이라는 생각이 들 때, 머리가 길고 커다란 안경을 쓴 정체불명의 사내가 나타나 이렇게 말을 거는 상상을 합니다. 그게 불가능하다고 생각해? 그럼 이건 어때? 난 티셔츠를 팔아서 인공위성을 쏠 거야.

〈망원동 인공위성〉은 예술가 송호준이 개인 인공위성을 발사하기 위해 인터넷에 떠도는 자료를 모아 가로세로 10센티미터, 무게 1킬로그램의 초소형 인공위성을 제작하고, 티셔츠 1만 장을 팔아 1억 원의 비용을 충당하는 과정을 영상으로 담은 다큐멘터리입니다. 이름하여 오픈소스 위성 이니셔티브 1호OSSI-1 프로젝트! 국가도 아니고 천재 과학자도 아닌, 그냥 평범한 한 개인이 우주에 인공위성을 쏘아 올린다니, 나도 모르게 이런 반응이 나옵니다. "그게 가능해?" 그다음 드는 생각은 "대체 왜?"고요.

"인공위성을 만들고 있는 거예요? 어디서 만들고 계세요?"
"망원동 지하에서 만들고 있습니다."

개인 위성 프로그램에서 가장 큰 비용을 차지하는 건 로켓 임대료입니다. 러시아 소유즈 로켓에 탑재되어 발사될 경우 금액은 절약할 수 있지만 그마저도 1억 원이 듭니다. 1억이라니!! 개인이 마련하기에는 여전히 큰 비용인데요. 송호준의 생각은 이렇습니다. 만 원짜리 티셔츠 만 장을 팔면 인공위성 한 대를 쏠 수 있다!

너무 순진했던 걸까요. 티셔츠는 오히려 송호준을 따라다니며 일을 방해하는 애물단지가 되어버립니다. 발사 일정에 맞춰 처리해야 할 일이 산더미인데 사이트에 티셔츠 올리랴, 문의에 답해주랴, 다림질하랴, 포장해서 보내랴 신경 쓸 게 한두 가지가 아닙니다. 그래서 티셔츠가 만 장이 팔

렸냐 하면 그것도 아니라서 송호준은 자신이 불가능에 도전하고 있다는 걸 실감해 갑니다. 기업 스폰을 받았다면 훨씬 쉬웠을 테지만 개인의 힘으로 어떻게든 쏘아 올리는 게 이 프로젝트의 본질이라서 1억을 그냥 주겠다는 후원사들의 제안도 거절합니다.

티셔츠 말고도 송호준의 프로젝트를 방해하는 요소는 또 있습니다. 러시아에서 최종 승인을 받은 뒤 알게 된 사실인데요. 우주 물체를 발사하고자 할 때는 우주개발 진흥법에 따라 국가에 신고를 해야 하며, 혹시라도 우주 물질이 전 지구에 피해를 끼쳤을 경우 손해 배상을 해야 하므로 사전에 2억이 넘는 보험을 들어야 한다는 것이었습니다. 아직 1억도 모으지 못했는데 2억을 더? 이쯤 되니 이 작업은 꿈과 희망이 아닌 돈에 대한 이야기처럼 느껴지기도 합니다.

무엇보다 송호준의 기운을 빠지게 만드는 건 발사 일정이 자주 변동된다는 점입니다. 프로젝트를 진행하는 동안 유의미한 제안을 받기도 했지만, 그럴 때마다 성사되지 못했던 이유가 발사 일정 때문이거든요. 2012년 8월 31일로 예정되어 있던 최종 발사일은 결국 2013년 4월로 또 한 번 미뤄집니다.

여기까지가 영화 스토리의 95퍼센트입니다. 우주기지를 향해 OSSI-1이 부착된 로켓이 날아가는 모습은 단 5분도 나오지 않죠. 준비해 간 정장을 입고 펄쩍펄쩍 뛰던 송호준은 말합니다. "끝났다! 이제 다른 거 하고 놀면 된다! 근데 (로켓 발사) 너무 금방 끝난다." 솔직히 이 장면이 나오기까지의 과정은 지루하기 짝이 없습니다. 문제를 극적으로 해결하거나 희망의 메시지를 주지도 않아요. 망원동 지하 작업실에서 티셔츠 때문에 짜증을 내거나 욕하는 장면이 영화의 대부분을 차지합니다. 프로젝트를 시작하고 5년이 지나서야 발사에 성공했으니 5년 동안 지하에 틀어박혀 있었던 셈인데요. 그럼에도 송호준이 이 프로젝트를 중단하지 않고 끝까지 이어갈 수 있었던 원동력은 무엇이었을까요.

"인공위성을 띄우는 걸 보여줌으로써 누구든 할 수 있다는 걸 보여주고 싶어요. 그렇게 되면 누구든 꿈꿀 수 있으니까요."

송호준이 수없이 많은 의심과 조롱의 목소리들, 그리고 금전적인 문제와 싸우면서도 포기하지 않을 수 있었던 건 이 프로젝트의 목적을 명확하게 알고 있었기 때문입니다. 개인도 인공위성을 쏘아 올릴 수 있다는 가능성을 보여주기 위해서. 사람들에게 레퍼런스가 되기 위해서. 누구든지 우주라는 꿈을 꿀 수 있는 미래를 상상하며 그 지루하고 욕 나오는 시간을 버텨냈을 겁니다. 그러니 인공위성이 단 한 번의 신호도 잡히지 않고 우주 어딘가로 사라졌다는 사실이 송호준에게는 프로젝트의 실패로 느껴지지 않았을 거예요.

"이 사람은 지금 개인이 인공위성을 만들어서 우주로 띄우는 작업을 하고 있는데요. 요즘에 하는 예술이란 건 여러분이 생각하는 예쁜 그림을 그리거나 조각품을 만드는 것도 있지만 이 사람이 하는 것처럼 여러분이 새로운 생각을 할 수 있도록 만들어주는, 뭔가 색다른 걸 만드는 것도 예술이라고 해요. 여기 보이는 인공위성이 이 사람이 만든 거예요. 그래서 앞으로 우주에 가고 싶은 꿈이 있는 사람은 과학자가 돼서 우주에 갈 수도 있지만 예술가가 돼서 우주에 갈 수도 있는 거예요."

설령 신호가 잡혔더라도 과학박람회에서 들었던 이 말보다 의미 있다고 여기진 않았을 겁니다.

내게도 이루고 싶지만 거의 불가능에 가까운 목표가 하나 있는데요. 어느 수준 이상으로 올라가지 않는 일본어를 마스터하는 것입니다. 반드시 해야만 하는 과제도 아니고 여행에서 불편함을 느끼지 않을 만큼은 구사할 수 있어서 그런지 진도가 거의 나가지 않거든요. 학습지를 하거나 스터디 모임에 참여하고 있지만 먹고사는 게 바쁠 때는 이게 다 무슨 소용인가 싶어 회의적으로 되기도 하고요. 그런데 이 영화를 보고 나니 내가 왜 일본어를 잘하고 싶어 했는지 이유가 떠오르더라고요. 그건 (부끄럽지만) 내 책이 일본어로 번역되어 도쿄의 한 서점에서 북토크를 여는 장면을 상상했기 때문이었어요. 북토크 후에 나마비루를 마시며 뒤풀이하는 장면까지도요. 떠듬떠듬 말고 유창하게 말하는 미화리의 모습. 상상만으로도 이렇게 웃음이 나는데 그게 현실이 되면 얼마나 좋을까? 하는 마음이 시작이었지요.

초심이야 어떻든 일본어를 공부하는 과정까지 즐겁게 만들지는 못하잖아요. 아마 송호준처럼 책상에 앉아 욕만 하거나 지루한 시간을 보내거나, 둘 다일 거예요. 그래도 열 번 때려치울 거 다섯 번만 때려치우고 싶지 않을까. 그게 내가 이 영화에 걸어보는 작은 희망이랍니다.

하지 못한 일에 미련이 생겨요

어릴 때부터 꿈은 방송을 만드는 일을 하는 사람이었는데 성적에 맞춰 불문학과에 가게 되었어요. 자연스럽게 프랑스어를 배우고 교환학생도 다녀왔습니다. 돌아와서는 제 꿈을 찾아 방송작가가 되었는데요. 요즘 프랑스어에 다시 미련이 생겨 자격증 공부를 시작했습니다. 머리가 굳어서 매일 눈물 흘리며 배우는 중인데 곧 시험이에요.
내 오랜 꿈은 방송일이고 그걸 이루었는데 왜 또 다른 걸 하려고 하는지 나조차 내 마음을 모르겠어요. 아직 공부가 부족해서 시험에 못 붙을까 봐 두렵고, 지금 포기하고 다시 작가로 돌아가자니 미련이 남고, 진퇴양난인 기분입니다.

— B

↳ PS.

영화를 보고 나서 나는 당장 해낼 수 없는 일을 앞에 두고 스트레스를 받을 때마다 그것을 나의 '프로젝트'라고 생각해 버리기로 했습니다. 우주로 별을 쏘아 올리는 정도의 스케일만 프로젝트라고 부를 수 있는 건 아니잖아요. 독일어 마스터 프로젝트! 미화리 베스트셀러 작가 만들기 프로젝트! 프로젝트라는 단어만 붙였을 뿐인데 당장에 성과를 내야 할 것 같다는 스트레스에서 조금 가벼워진 기분이 듭니다. 뭐 평생에 걸친 프로젝트도 있으니까요….

알렉산더 페인의 〈14구〉(옴니버스 영화 〈사랑해, 파리〉의 한 단편)의 주인공 캐럴은 파리로 여행을 가고 싶다는 평생의 꿈을 이루기 위해 프랑스어 학원을 다니고 있는데요. 며칠 전 꿈에 그리던 파리 여행을 다녀온 후 수업 시간에 이런 멋진 발표를 합니다.

"공원 벤치에 앉아서 샌드위치를 먹었어요. 맛이 좋았죠. 근데 어떤 일이 생겼어요. 말로는 표현하기 힘든 일이요. 내가 거기 앉아 있었죠. 낯선 나라에 혼자서, 내 일과 멀리 떨어져서. 내가 아는 모든 사람을 떠나서. 어떤 느낌이 오는 거예요. 마치 뭔가를 떠올리는 것처럼요. 여태 몰랐고 예전부터 기다려 온 그 무엇이. 그건 내가 잊고 있었던 것이었는지도 몰라요. 혹은 평생을 그리워하던 것이었는지도 모르고요. 말씀드릴 수 있는 것은 그때 내가 느꼈던 환희와 슬픔이에요. 하지만 많이 슬프진 않았어요. 살아 있다는 것을 느꼈으니까요. 네. 살아 있어요. 그때가 바로 내가 파리를 사랑하게 됐고 파리가 날 사랑하게 됐다는 걸 느낀 순간이었답니다."

캐럴이 프랑스어 학원을 다니기 시작한 초심을 떠올려봅니다. 아마도 바로 이 순간, 파리의 벤치에 앉아 환희와 슬픔이 차오르는 순간을 맞이하고 싶어서가 아니었을까요. 그게 방대한 단어와 복잡한 문법에 머리를 쥐어뜯어 가면서도 포기하지 않을 수 있었던 이유이지 않을까요. 아참, 이런 아름다운 깨달음을 프랑스어로 읽어 내려간다는 것, 그것이 이 6분짜리 단편영화의 희망이랍니다.
B 님이 계획한 프랑스어 프로젝트의 초심은 무엇이었나요?

■ movie: 〈망원동 인공위성〉, 김형주 감독, 2015.
& 〈사랑해, 파리〉, 알렉산더 페인 감독 외, 2006.

자기 자신은 하나뿐이에요. 믿을 건 자신밖에 없다고요.

어떤 주인공이든 결말을 향해 나아가니까

도쿄 소나타

어느덧 8년 차 작가가 되었습니다. 첫 책 출간 이후 자연스럽게 이어진 계약에 맞춰 마감을 지키다 보니 어느새 가장 오래 한 일이 되어버렸네요. 무슨 일이든 끝을 맺지 못하고 쉽게 그만둬 버리는 내게는, 직종과 상관없이 기특한 일입니다. 오래 할 생각으로 시작한 것도, 오래 하고 싶다고 해서 할 수 있는 일도 아닌 이 일을, 자의로든 타의로든 그만둘 이유가 아직 없고 원한다면 앞으로 2, 3년은 무리 없이 이어갈 수 있다는 사실이 못내 감격스럽기도 합니다.

20대에는 결말을 내지 못한 일이 아주 많았습니다. 커리큘럼을 전부 이수하지 못하고 하차한 클래스, 등록만 해두고 치르지 않은 자격증 시험, 1년도 채우지 못하고 그만둔 직장, 어중간한 실력의 외국어, 흐지부지 사라진 스터디 모임과 관계들. 분명 자발적으로 시작한 일인데도 얼마 못가 그만둘 핑계를 찾는 패턴의 반복이었습니다. 마치 도입부만 쓰다 만 소설 원고가 뒤죽박죽 쌓여 있는 책상 같았죠.

그에 비해 두 시간 안에 결말을 볼 수 있는 영화는 얼마나 거뜬한가요? 물리적인 시간만 허락된다면 한 인간이 목표를 이루거나 이루지 못하는 전 과정을 관람할 수 있다니. 심지어 그 짧은 시간 안에 성장도 하고 깨달음도 얻는다니. 중도 하차가 습관인 내게 영화는 일종의 성취였습니다. 영화가 나의 오랜 취미가 될 수 있었던 이유지요. 물론 못 견디게 지루하거나 도저히 이해가 안 되는 영화는 도중에 종료 버튼을 누르기도 하지만요.

〈도쿄 소나타〉도 그런 영화였습니다. 보는 도중에도 남은 러닝 타임을 계속 확인하게 되는. 끌까 말까 고민하면서 재생 시간을 연장하게 되는. 영화는 40대의 가장 사사키가 실직을 당하면서 시작됩니다. 가장의 권위를 최우선으로 생각하는 사사키는 두 아들과 아내에게 회사에서 잘렸다는 사실을 밝힐 수 없어 실직한 다음 날에도 평소처럼 출근하듯 집을 나와 고용지원센터와 무료급식소를 오가며 시간을 때웁니다. 사사키 말고도 이 가족에겐 각자 비밀이 하나씩 있는데요. 사사키의 아내이자 두 아들의 엄마인 메구미는 지루하고 외로운 일상에서 탈출하고 싶어 남편 몰래 운전면허를 딴 뒤 스포츠카를 보러 다닙니다. 첫째 아들 타카시는 부모의 동의 없이 미군에 지원을 하고, 막내 켄지는 엄마에게 급식비를 받아 아빠가 반대한 피아노 학원 등록비로 써버립니다.

얼마 못 가 비밀은 하나둘 탄로 납니다. 미성년자인 타카시가 미군에 입대하기 위해서는 부모의 서명이 필요했고, 피아노 학원비를 내느라 3개월 치 급식비가 밀린 켄지의 담임 선생님이 부모님을 호출했기 때문입니다. 두 아들이 부모를 속였다는 사실에 사사키는 완전히 폭발해 버립니다. 멋대로 미군에 지원한 타카시와 자신이 반대한 피아노 학원에 다니고 있었던 켄지가, 아무리 노력해도 총무과장으로 일했던 때와 같은 조건으로 취직할 수 없어 집과 멀리 떨어진 쇼핑몰에서 청소 알바를 시작한 사사키의 자존심을 건드린 것이죠. 켄지에게 음악적 재능이 있으니 예술중학교에 보내야 한다는 피아노 선생님의 편지에도 상술에

놀아났다며 분노할 뿐입니다. 남편의 진상을 참아주던 메구미는 결국 참았던 말을 쏟아냅니다.

"나 당신 봤어. 공원에서 당신이 식사 배급 받으려고 줄 서 있는 거. 당신, 회사에서 잘렸지?"
"알고 있었어? 왜 말 안 했어?"
"말하면 당신 권위가 땅에 떨어지는데도? 그딴 권위 개나 물어가라고 해."

이쯤 되니 나아질 기미는커녕 최악으로 치닫기만 하는 이 가족의 이야기를 그만 보고 싶어졌습니다. 이대로 종료 버튼을 누른다면, 마트에서 일하는 걸 끝까지 숨기려는 사사키도, 미군에 입대해 중동지역으로 파견된 타카시도, 주워 온 건반으로 피아노 연습을 하는 켄지도 영화의 끝에서 어떻게 되는지 알 수 없겠지만 하나도 아쉬울 것 같지 않았습니다. 영화는 절정으로 나아가고 나는 점점 영화에 흥미를 잃어가는 그때, 남편이 방에 들어와 물었습니다. "재는 왜 뛰어가는 거야? 가출했어?" 하고요. 순간 이 영화를 이해하기 위해 아무것도 감당한 게 없는 남편이 갑자기 끼어들어 와 켄지가 왜 뛰어가냐고 묻는 게 얄미웠습니다. "켄지가 왜 가출을 했는지 알고 싶으면 너도 처음부터 영화를 봐!"

타박하며 문밖으로 밀어내 버렸지요. 그러고는 도무지 사랑할 수 없는 이 인물들의 끈질긴 사투를 끝까지 지켜보기로 했습니다. 만신창이가 되었지만 될 대로 되라는 심정으로 인생을 내던지지는 않는 네 사람의 불협화음을. 부끄러울 때는 최선을 다해 도망쳤다가 다시 돌아와 자신을 믿어보기로 한 강단을. 그리고 숨 막히게 끝내주는 영화의 결말을!

"다시 시작할 수 있을까요? 여기서부터 새롭게 다시 시작할 수 있을까요?"

"자기 자신은 하나뿐이에요. 믿을 건 자신밖에 없다고요."

영화의 마지막 장면은 켄지가 드뷔시의 〈달빛〉을 연주하는 콩쿠르로 끝이 납니다. 켄지에게 천재적인 재능이 있고 없고를 떠나, 내가 중간에 꺼버렸다면 듣지 못했을 연주였지요. 이 장면을 보지 않고서 '그 영화 별로던데? 재미없어서 중간에 껐다'라고 말하고 다녔을 나를 상상하니 아찔했습니다. 동시에 그동안 흐지부지 그만두느라 놓쳐온 수많은 엔딩이 아까워졌습니다. 목표를 이루었을지도 모를 가능성을 놓쳐서가 아니라 내가 시작하고 시도한 일의 결과를 받아들일 기회를 영영 잃어버렸기 때문입니다. 원하는 바를 이루었다면 성공담을, 이루지 못했다면 성장담을 이어서 써 내려갔을 테니, 해피엔딩이든 새드엔딩이든 결말을 보지 못한 채 미완으로 남은 이야기는 본편뿐 아니라 거기서부터 파생되었을 외전까지 포함인 셈입니다. 클래스에 빠짐없이 출석한 나, 자격증 시험을 본 나, 헬스장을 빠지지 않고 다닌 나의 이야기는 어떻게 끝났을까요? 아마 도중에 그만두었을 때와 결과적으로 큰 차이는 없었을 겁니다. 재미없던 클래스가 재미있어지거나 자격증 시험에 덜컥 합격하거나, 근육질 몸이 되지도 않았을 거예요. 하지만 그 끝에서 저는 조금 다른 사람이었을 겁니다. 큰 성장이나 변화는 없더라도 무언가를 끝까지 해낸 사람의 선택에는 후회나 미련의 그림자가 드리우지 않을 테니까요. 그것이 설령 그만두는 선택일지라도.

내가 가장 오래 해온 일이자, 가장 잘하고 싶은 분야인 글 쓰는 일의 끝을 생각해 볼 때가 종종 있습니다. 책을 여러 권 냈으니 작가로서 아무것도 이루지 못했다고 볼 수는 없지만 그리 대단한 성과라고 볼 수는 없기 때문입니다. 내일은 기대해 볼 수 있어도 먼 미래를 계획하기에는 미덥지 못한 성과거든요. 아마 내가 작가를 그만두겠다고 하면 아쉬워할 수는 있어도 영화 도중에 끼어들어서 '쟤는 왜 아깝게 그만두냐'고 묻는 종류의 사람은 없을 겁니다. 오히려 내가 글을 쓰며 건너온 시간을, 웃고 울고 실망하고 기대하며 끈질기게 써온 매일을 봐온 친구들이라면 내가 작가를 그만두는 것이 이 이야기의 결말이라는 걸 이해해 줄 겁니다. 그것이 내가 글을 써온 시간에 대한 자부라고 말할 수 있다면, 그만두고 떠난 자리엔 그림자 대신 달빛이 비치지 않을까요?

이대로 계속해도 되는지 모르겠어요

사실은 다 알고 있어요. 핑계라는걸. 아무것도 하고 싶지 않은 마음이란 걸 알고 있어요. 내 나름대로 열심히 살아냈다고 생각하는데도 이루어놓은 건 없고 앞으로 가야 할 길도 막막해요. 지금 이 방향 그대로 발을 떼어 앞으로 가면 되는 건지 모르겠어요.
노래는 좋은데 잘하는지도 모르겠고 곡 하나 내자니 드는 돈이 감당이 안 되고 찾는 이도 없는 산골 마을 쌀집 같아요. 팔지 못해 내가 먹고 사는 허물어져 가는 쌀집….
먼 미래를 계획할수록 더 깊이 침잠하는 날 주체할 수 없어서 당분간은 아무 생각 없이 살려는데 살아가고 있는 건지 살아내고 있는 건지 나만 이런 건지 다른 이들도 그런 건지. 사람 사이는 노력하기 싫어지고 모든 일에 의욕이 사라지려는 내가 보일 때마다 겁이 나요. 어떻게든 부여잡고 한 걸음 한 걸음 밀어내지만 불안하기만 해요.
서른도 한참 넘어 중반에 가까워진 나의 지금을 한심해하는 나를 잠시 지우고 싶어요.

— E

↳ PS.

〈도쿄 소나타〉를 보면서 내가 영화를 좋아하는 이유가 새삼 떠올랐습니다. 영화가 우리에게 해줄 수 있는 건 영화의 결말을 보여주는 일이라는 것. 도중에 꺼버리지만 않는다면 어떤 주인공이든 결말을 향해 나아간다는 것.

인생이 너무 길어서, 내가 해온 일들 혹은 하지 않은 일들이 모여 어떤 결과로 나타날지 알 수 없어서 막막할 때마다 꺼내볼 영화가 한 편 더 생겼습니다. E 님과 함께 보고 싶어요. 보상처럼 주어지는 켄지의 〈달빛〉 연주를 함께 듣고 싶어요. E 님의 이야기도 꼭 그런 결말을 맺길 바라며.

■ movie: 〈도쿄 소나타〉, 구로사와 기요시 감독, 2008.

맥베스호는 아무런 보물도 발견하지 못하고 가던 도중에
침몰하지만… 너희랑 모험할 수 있어서 다행이었어.

실패에서부터 시작되는 삶

콩트가 시작된다

끝에서부터 시작되는 이야기도 있을까요? 실패에서부터 시작되는 삶도 있을까요? 그렇다고 말하기 위해서는 이들의 이야기를 빌려와야 합니다. 은퇴를 2개월 3주 앞둔 콩트팀 '맥베스'의 멤버 하루토, 쥰페이, 슌타의 이야기를요.

맥베스가 콩트의 꿈을 접고 마지막 공연만을 남겨둔 이유는 10년 전의 약속 때문입니다. 대학 진학 대신 콩트팀을 결성하는 조건으로 가족들과 약속을 했거든요. 10년만 해보고 인기 없으면 해체하기로.

노력이 무조건 보상으로 이어지는 건 아니라는 걸 아는 나이지만, 그래도 진지하게 해왔으니 자신들만큼은 동화 같은 교훈적인 이야기의 주인공이 되리라 믿었는데. 열아홉 살부터 10년을 달려온 결과가 고작 해체라니. 억울하고 분한 기분이 드는 것도 사실입니다. 에라이, 약속 같은 거 모른 척하고 계속해 볼까도 생각해 봤지만 지금까지의 10년과 앞으로의 10년은 강도가 다르게 힘들 거라는 걸 조금씩 실감하고 있던 터라 현실적인 결정을 내리게 됩니다. 마지막 단독 공연을 끝으로 깔끔하게 해체하기로요.

이들의 해체에 미련이 남는 건 맥베스 3인만이 아닙니다. 뒤늦게 입덕했지만 누구보다 열성적인 팬, 리호코도 있습니다. 1년 전 리호코는 새로 아르바이트를 시작한 패밀리 레스토랑에서 매주 수요일 저녁 같은 시간에 차를 마시러 오는 맥베스를 발견하는데요. 이 세 명의 청년이 맥베스라는 이름의 콩트팀이라는 걸 알게 된 건 조금 뒤의 일이었지만, 그때부터 리호코는 그들의 팬이 되기로 결심합니다. 내쫓기듯 직장을 나온 뒤 의욕 없이 살아오던 리호코에게는 맥베스 3인을 응원하는 일이 자신의 쓸모를 되찾은 것처럼 느껴졌거든요. 그런데 덕질을 시작한 지 겨우 1년 만에 은퇴를 한다고 하니 삶의 목적을 잃어버린 듯 공허합니다. 앞으로는 무엇을 버팀목 삼아 살아가야 할지 막막합니다.

아쉬워하는 리호코에게 하루토는 물어요. "노력이 보상받는다고 생각하세요?" 리호코는 답합니다. 노력한 사람이 보상받으면 좋겠다고 생각하지만 진짜 보상받을 수 있을지는 솔직히 모르겠다고요.

"하지만 바로 결과를 내지 못해도 나중에, 늦게 결과가 나오는 노력도 있다고 생각합니다."

리호코는 고등학교 화도부 부장 시절, 마지막 전국 대회에서 우승을 목표로 노력했지만 3위에 그쳤던 이야기를 들려줍니다. 전국 3위면 충분히 보상받은 것 아니냐는 하루토의 말에도 아랑곳 않고 말을 이어나가죠. 고등학교 졸업 후 꽃을 만진 지 10년이나 지났는데 최근 레스토랑에서 손님이 물어본 꽃의 이름을 전부 알려주고 감사 인사를 받은 일이 있었다고요. 그게 뒤늦은 보상처럼 느껴졌다는 이야기였습니다.

"이렇게 과거의 노력을 보상받는 일이 있다고 느끼니까 열심히 했던 과거의 나를 처음으로 긍정해 줄 수 있을 것 같았어요. 그러니까

제가 드리고 싶은 말은 맥베스를 해온 10년이 절대 의미가 없는 건 아니라는 겁니다."

맥베스 3인이 바라는 보상은 이런 종류는 아닐 겁니다. 정신승리나 다름없는 작은 보상이 지난 10년의 시간을 갑자기 의미 있게 만들어주는 건 아닐 테니까요. 리호코의 말대로 콩트를 계속해 온 것이 틀리지 않았다면, 실패나 다름없는, 연장하듯 지내온 10년은 어떤 의미가 있을까요? 하루토, 쥰페이, 슌타에게 맥베스는 무엇일까요?

나는 이 어려운 질문의 힌트를 하루토와 나츠미의 대화에서 찾았습니다. 쥰페이에겐 10년간 교제해 온 나츠미라는 여자친구가 있는데요. 나츠미의 변함없는 사랑과 믿음에도 쥰페이는 고정 수익 없이 아르바이트로 생계를 유지하며 콩트를 하는 자신에게 초라함을 느낍니다. (나츠미는 대기업에 다니고 있거든요.) 쥰페이는 10년을 묵묵히 기다려준 나츠미를 위해서라도 맥베스를 그만두어야 하지만, 그게 콩트를 그만두는 이유가 되어서는 안 된다는 것도 알고 있습니다. 상황이 이렇다 보니 최근 둘 사이에 묘한 거리감을 감지한 하루토가 나츠미를 찾아갑니다.

"나이 먹을 만큼 먹고 하는 짓이 너무 애 같은가? 그래도 걔가 10년 전이랑 달라진 게 없지는 않아. 널 웃게 해주고 싶다는 마음 하나로 변하지 않으려는 거지. 그게 유일한 무기라고 생각하거든. 변하는 건 쉽잖아. 어른인 척, 애 같은 건 전부 부정해 버리면 되니까. 하지만 한번 애 같은 걸 부정해 버리면 다시는 예전으로 돌아갈 수 없어. 예전에 할 수 있던 일도 쉽게 못 하게 되거든. 슌페이보다 매력적인 사람은 네 주변에도 많이 있을 거고 앞으로도 많이 만날 거라고 생각해. 하지만 슌페이 같은 놈은 다신 못 만난다고 생각하는 게 좋아. 그건 각오하는 게 좋을 거야."

어른이 되는 건 생각보다 쉬운 일일지도 모릅니다. 하루토의 말처럼 애 같은 건 전부 부정해 버리면 되니까요. 하지만 어른이 되면 그 대가도 치러야 합니다. 어리다는 이유로, 철이 들지 않았다는 이유로 쉽게 할 수 있었던 일을 더 이상 하지 못하게 될 테지요. 어른이라서 하지 못하는 목록엔 '실패'도 포함되어 있습니다. 어른이 된 우리는 점점 몸을 사리는 선택을 하게 될 거예요. 실패를 줄이는 선택이겠죠. 어른이 된다는 건 지켜야 할 게 많아진다는 것이니까. 건강을, 사랑을, 명예를, 어른이 되어 얻게 된 것들을 지키기 위해 우리는 점점 덜 실패하게 될 겁니다.

드라마 〈콩트가 시작된다〉에는 어른이 되는 길목에 선 인물들의 실패가 담겨 있습니다. 리호코는 직장 생활의 끝장을 맛본 뒤 사회로 돌아갈 마음을 잃었고, 리호코의 동생 츠무기는 하고 싶은 일 없이, 이렇다 할 직업 없이 살아갑니다. 맥베스도 마찬가지입니다. 이들은 누가 봐도 꿈이라는 도전에 실패한 청년들입니다. 하지만 이 실패의 역사를 지켜보는 동안 우리는 깨닫게 됩니다. 최선을 다해 매달렸던 이 시기가, 결과와 상관없이 이들의 인생에서 가장 빛나는 시절이 될 것이라는 걸요. 웃으면서도 눈물이 날 만큼 짠내 나는 실패의 기억으로 평생을 살아갈 것이라는 걸요. 우는데도 웃음이 비집고 나오던, 농담 없이는 단 하루도 돌아가지 않던 날들이 맥베스의 등을 밀어주겠지요. 한 시절은 여기 두고 어서 앞으로 나아가라고요.

> "맥베스호는 아무런 보물도 발견하지 못하고 가던 도중에 침몰하지만… 너희랑 모험할 수 있어서 다행이었어. 평생의 추억이 생겼다."

다시 첫 질문으로 돌아가, 끝에서부터 시작되는 이야기가 있을까요? 실패에서부터 시작되는 삶도 있을까요?

맥베스 해체 후 쥰페이는 아버지가 운영하던 가게를 이

어받아 차근차근 나츠미와의 결혼을 준비합니다. 슌타는 아르바이트하던 꼬치 가게를 그만두곤 유럽으로 여행을 떠납니다. 하루토는 수리공이 되어 첫 출근을 하지요. 앞으로의 인생에 싸울 만한 무기도, 남들에게 자랑할 만한 경력도, 다음 목적지도 정해진 게 없지만 맥베스 3인은 각자의 인생을 걸어 나갑니다. 극적인 끝이나, 극적인 시작 없이도 삶은 이어집니다. 사회는 내가 극적인 서사의 주인공이 되기를 기다려주지 않잖아요. 실패를 딛고 성공하기까지의 시간을 포장해 주지도 않고요. 그러니 실패와 동시에 시작되는, 새롭지도 극적이지도 않은 매일을 우리는 살아가야만 합니다. 가끔 기억 속 눈부시던 시절을 만지작거리면서요.

인생은 콩트다 같은 흔해빠진 얘길 할 생각은 없다. 하지만 나중에 돌아봤을 때 인생이 한심한 콩트처럼 보인다고 해도 그것이 그렇게 나쁘지는 않은 인생이었다고 생각하게 되지 않을까?

과거에 얽매여 나아갈 힘이 없어요

오랫동안 과거의 실패에 얽매여 있었더니 더 이상 앞으로 나아갈 힘이 없어요. 길도 잃었고요. 아주 어려운 미로 속에 몇 년을 갇혀 지낸 기분인데 전혀 적응은 못 했어요. 벗어나고 싶은데 어떻게 해야 할지 모르겠어요. 이럴 때는 어떻게 하면 좋을까요?

— Y

↳ PS.

이 드라마를 울고 웃으며 엉망인 얼굴로 끝까지 보고 나면 왜 제목이 콩트가 '끝난다'가 아니라 '시작된다'인지 알게 됩니다. 맥베스의 콩트는 열 편 전부 소중하지만, Y 님과는 '노래방'이라는 콩트를 함께 보고 싶어요. 이 콩트를 보고 난 우리는 제법 비슷한 얼굴이 될 거예요.

■ drama : 〈콩트가 시작된다〉, 이노마타 류이치 연출, 2021.

곧 이 영화도 끝이 나니 시시한 내 얘기는 잊어주세요.
지금부터 시작될 매일매일은 영화로 만들어지지 않아도
평범한 날들이라도 괜찮아요.

엔딩 후에 펼쳐질 이야기

백엔의 사랑

모든 이야기에는 시작이 있고 중간이 있고 결말이 있습니다. 아리스토텔레스가 말한 이야기의 3막 구조(처음-중간-끝)인데요. 이를 갈등이 생겨나고 해결되는 단계로 좀 더 세분화한 것이 발단-전개-위기-절정-결말의 5막 구조입니다. 주인공의 상황을 보여주는 발단, 문제가 발생하기 시작하는 전개, 고난이 닥치는 위기, 문제를 해결하거나 해결하지 못하는 절정, 주인공이 깨달음을 얻어 변화하는 결말로 구성되어 있죠.

사람이 변할 수 있다는 것만이 희망이라고 생각하며 사

는 나는, 그래서 주인공이 변화해 가는 과정을 지켜보는 게 즐겁습니다. 인간은 참 변하지 않는 존재인데 영화 속 주인공은 변하잖아요. 문제를 해결하는 과정에서, 원하는 목표를 이루는 과정에서 틀림없이 변하게 되지요. 그래서일까요. 나는 늘 위기나 절정이 아닌 변화된 주인공이 너덜너덜한 깨달음을 손에 쥐고 다음으로 넘어가는 엔딩에 더 감화되곤 합니다. 거기서부터 시작될 새로운 이야기가 궁금해지고요.

하지만 영화가 꼭 이 지점에서 끝나는 이유, 인생 2막이 펼쳐질 시작점에서 엔딩크레딧이 올라가는 이유는 앞으로 주인공에게 벌어질 일들이 영화로 다룰 수 없을 만큼 보편의 이야기이기 때문입니다. 우리가 이미 경험으로 알고 있는 바로 그 보통의 삶이요. 꿈을 이룬 사람도 이루지 못한 사람도, 사랑이 이루어진 사람도 이별한 사람도, 떠난 사람도 다시 돌아온 사람도 드라마틱한 서사는 딱 거기까지. 앞으로의 인생을 만들어나가는 건 또 지겨우리만치 평범한 날들이라서, 그다음 전환점이 찾아오기 전까지는 이전처럼 상승과 하강을 반복하며 매일의 곡선을 그려나가야 할 뿐이니까요. 그런 시시한 날들만 담은 영화가 있다면 아무도 찾지 않을지도 모릅니다.

그런데 바로 그 지점 때문에 좋아지는 영화가 있더라고요. 아니, 오히려 영화로 만들어지지 않아도 좋으니 이제부터 시작될 주인공의 매일은 그저 남들처럼 평범하기를 바라게 되는 영화. 자신을 100엔짜리 여자라고 부르는 이치코가 주인공인 〈백엔의 사랑〉입니다.

모든 물건을 100엔에 판매하는 백엔숍. 그곳에 뚱한 얼굴로 아르바이트를 하는 서른두 살의 이치코가 있습니다. 밤 열 시부터 아침 여섯 시까지. 시시껄렁한 농담이나 해대는 40대 동료와 몰래 폐기 도시락을 가져가는 할머니, 인사도 무시하고 한심한 듯 내려다보는 손님들을 대하다 보면 "100엔, 100엔, 100엔 생활. 싸요, 싸요, 뭐든 싸요!" 흘러나오는 로고송처럼 여기서 일하는 자신도 100엔짜리로 느껴집니다. 하지만 전문대를 졸업한 뒤로 별다른 기술도 경력도 없이 몇 년간 부모에게 의지한 채 살아온 이치코가 일할 수 있는 곳이라고는 백엔숍뿐이라서 딱히 대안이 있는 것도 아닙니다.

여기까지 보는데 한숨을 몇 번이나 쉬었는지 모릅니다. 이치코가 도무지 이 생활에서 벗어날 수 있을 것 같지 않거든요. 이치코의 문제는 이치코 자신, 이치코로 살아가는 삶

자체라서 스스로 이 문제를 해결할 수 있을 것처럼 보이지 않습니다. 사회생활도 못 하고 인간관계도 별로인 이치코라면 얼마 못 가 백엔숍마저 때려치우고 다시 부모 집으로 들어갈지도 모를 일입니다. 이러다 주인공이 파멸하며 대단원을 맺는다는 엘리자베스 시대의 연극처럼 끝이 날까 봐 조마조마합니다.

그렇게 이치코의 100엔짜리 일상을 지켜본 지 어언 한 시간, 이미 영화의 위기도, 절정도 모두 본 것 같아 예고된 (파멸) 엔딩만을 기다리고 있는데, 우리를 비웃기라도 하듯 이치코가 선택한 건 미래를 위한 자격증이나 취업 준비가 아닌 복싱이었습니다. 영화가 한 시간이 지난 시점에 복싱을 시작한다고?

"시합도 할 수 있나요?"
"서른두 살이면 쉽지 않은데. 여자 선수 테스트는 서른두 살까지거든."
"아직 서른두 살이거든요."

출퇴근길에 복싱장을 구경하던 이치코는, 정확히 말하면 운동 중인 권투 선수 유지를 훔쳐보던 것이었지만, 계기야 어떻든 복싱을 시작하게 됩니다. 정말 시합이라도 나가려는 사람처럼 백엔숍에서도, 집에서도, 일하는 날에도, 쉬는 날에도 줄곧 복싱만 합니다. 그때부터 영화의 분위기가 달라집니다. 건강하지 않은 생활 습관 때문에 불어난 이치코의 몸에 단단한 근육이 붙기 시작하고, 사이가 좋지 않았던 가족과의 관계도 회복되어 부모님이 운영하는 도시락 가게를 돕기도 하면서, 불퉁했던 자신에게서 서서히 탈출합니다. 잠시 사귀다 자신을 차버리고 떠난 유지 앞에서도 우물쭈물하지 않고 당당하게 말합니다. 일요일에 열리는 시합에 자신을 보러 오라고요.

"너 말야. 복싱 왜 시작했냐."
"서로 막 패고 또 어깨도 두드려주고 그런 모습들. 왠지 그런 걸 하고 싶더라고."

시합에 나간 이치코는 경험 많은 상대에게 실컷 두들겨 맞고 경기에서 패하지만 후련해 보입니다. 그동안 연습하던 왼손 훅을 (한 번뿐이었지만) 상대의 턱에 제대로 날렸고, 땀범벅이 된 서로에게 매달리듯 뒤엉켜 어깨도 툭툭 두드려주었거든요. 자신의 인생에서 이렇게 원 없이 열심인 적은 없었고, 그래서 얻은 결과이니 패배라도 받아들일 수 있습니다.

이치코의 시합이 결정된 날, 복싱장 대표가 이렇게 말하더라고요. "인생 다시 시작하게 딱 한 번만 시합시켜 달랬지? 네 펀치로는 한 방도 못 칠 수도 있지만 어디 한번 나가 봐."

아, 이치코는 인생을 다시 시작해 보고 싶었던 거구나. 그래서 복싱을 선택한 거구나. 단 한 번이라도 좋으니 이겨 보고 싶었다고, 이겨서 승자가 되고 싶었다고 엉엉 우는 이치코를 보며 엔딩 이후에 펼쳐질 이야기를 상상해 보았습니다. 앞으로 이치코는 어떻게 살아갈까요? 다시 시작된 인생을 어떻게 그려나갈까요? 아무래도 이치코가 복싱 선수가 될 일은 없을 거예요. 영화가 지속된다면 모를까 현실에서는 어려운 일이니까요. 새로 시작된 인생에도 생계는 중요하니 계속 백엔숍에서 일할 수도 있고 부모님의 도시락 가게를 이어받을 수도 있겠지요. 그러는 사이사이 땀범벅이 된 채로 섀도복싱을 하거나 가끔 링 위에 선 모습도 볼 수 있을 거예요. 아마 지극히 평범한 삶이 이어질 겁니다.

너무 쉽게 그녀를 포기한 내게 한 방을 먹이듯 반전을 일으킨 이치코에게, 스스로 복싱이라는 인생의 전환점을 만들어낸 주인공에게 어울리지 않는 밋밋한 엔딩이라고 생각했지만 그럼에도 아쉽지 않았던 건 이 영화의 엔딩곡 덕분이었습니다.

곧 이 영화도 끝이 나니 시시한 내 얘기는 잊어주세요.
지금부터 시작될 매일매일은 영화로 만들어지지 않아도
평범한 날들이라도 괜찮아요.

이치코가 원하던 새로운 인생, 복싱으로 되찾고 싶었던 인생은 영화처럼 극적인 사건이 난무하는 인생이 아니라 남들만큼만 괴롭고 남들만큼만 행복한, 지루하리만치 무탈하게 흘러가는 보통의 인생이었겠구나. 그러곤 떠올려보았습니다. 시간이 흘러, 이치코 자신도 자기가 어떤 시기를 통과했는지 잊고 지낼 무렵, 고단한 하루 끝에 마신 맥주 한 모금에 "아우 살겠다~" 신음을 내뱉는 장면을. 비로소 바라던 인생을 살고 있다는 걸 알아차리고 옅게 웃음 짓는 장면을. 나는 안심하며 보통의 이치코로 살아갈 그녀의 다음 이야기가, 궁금하지도 않을 만큼 뻔하기를 응원하고 싶어졌습니다.

내 모습을 인정하고 싶어요

대학교 시절 우울증이 심하게 와서 1년 정도 집 밖을 나가지 않고 히키코모리 생활을 했어요. 그때 살이 많이 쪄서 온몸에 튼살이 주홍글씨처럼 남아 있습니다.
시간이 흐르며 살은 빠져서 원래대로 돌아왔고, 학교를 졸업한 후 여러 가지 일도 해보며 현재는 취업 준비 중이에요. 예전의 내 모습에 비하면 훨씬 성숙한 사람이 되었다고 생각하지만, 주변 친구들에 비하면 턱없이 부족하고 늦은 사람으로 보입니다.
사실 제가 1년 동안 힘들었던 시절은 그 누구도 몰라요. 오직 나만 알고 있는 비밀 같은 건데 온몸에 있는 튼살들처럼 여전히 감추기에만 급급합니다. 이런 내 모습이 어떨 땐 처량하게도 느껴져요. 어떻게 해야 내가 가진 모습을 진정으로 인정하고, 용기를 얻을 수 있을까요?

— H

↳ PS.

언젠가 상처가 깊은 복숭아를 자르다가 이런 생각을 한 적이 있어요. 다 물러버린 복숭아의 상처 부분만을 온전히 도려내기란 힘든 일이구나. 나의 상처 나고 연약한 시기도 없었던 것처럼 말끔하게 지워내기 힘들겠구나. 복숭아를 자르다가 이게 뭔 청승맞은 생각인가 싫어서, 그러고 나니까 괜히 닭살이 돋아서 몸을 부르르 떨며 진저리를 쳤었는데. 인제 와 다시 생각나는 걸 보니 H 님에게 들려드리려고 그랬나 봐요. H 님이 듣고 싶었던 말, 어떻게 해야 내 모습을 진정으로 받아들일 수 있는지는… 제게도 큰 숙제입니다. 저도 저로 사는 게 너무 어려운 문제거든요. 그냥 이렇게 생각할 뿐이에요. 그 모든 시기를 감당해서 만들어진 게 지금의 나라고요.

문을 열고 밖으로 뛰쳐나오며 끝나는, 히키코모리를 다룬 영화의 엔딩을, 다시 말해 새로운 인생으로 나아가게 되는 전환점을 H 님도 맞이한 거겠지요. 지금 H 님이 보내는 일상은 엔딩 이후에 펼쳐지는 이야기일 거고요.

이 책의 면면에는 살면서 필연적으로 만나게 되는 삶의 고민과 질문들이 담겨 있는데요. 짐작하건대 H 님의 고민과 크게 다르지 않을 거예요. 누구나 하는 고민을 나도 한다는 것, 가끔 저는 그게 내가 남들과 다름없이 무탈하게 잘 살고 있다는 증거처럼 느껴지기도 한답니다. 긴 터널을 통과한 H 님의 인생이 앞으로 아주 뻔하게 흘러가더라도, 제가 그 영화의 관객이 될게요. 그러니 오늘의 가장 큰 고민은 저녁 메뉴뿐이길.

■ movie: 〈백엔의 사랑〉, 타케 마사하루 감독, 2014.

나를 잘 돌보기 위해

2

ly until

End

우리 준비 같은 거 안 해. 그냥 자기 이야기 솔직하게
쓰잖아? 그럼 선생님들은 감동받아서 상 주시거든.

약점을 마주하는 일

비밀의 언덕

좋은 에세이는 무엇인가요? 라는 질문을 받을 때가 종종 있습니다. 작가마다 기준이 다르겠지만 저는 늘 이렇게 답해요. 나에게서 출발하는 이야기요! 환경이랄지 평화, 사랑 같은 거대한 소재도 나에게서 출발한다면 유일무이한 글이 되거든요. 여기서 중요한 건 솔직함입니다. 있는 그대로의 나를, 내 생각을 솔직하게 쓸 수 있다면 그 글은 높은 확률로 좋은 에세이가 될 겁니다.

하지만 내가 나를 그럴듯하게 포장하지 않고 쓰기란 얼마나 어려운지. 반대로 글로 하는 거창한 다짐과 출처 없는 형용은 또 얼마나 쉬운지. 자신의 이야기를 써본 사람이라면 충분히 알고 있을 거예요. 글로 내보일 나라는 사람의 볼품없음이 탄로 날까 봐, 그게 나를 판단하는 기준이 될까 봐 문장을 썼다 지우느라 책상 앞에서 오랜 시간을 보내는 것. 내 이야기를 솔직하게 쓴다는 건 이 모든 과정을 포함하는 일이라는 것을요.

영화 〈비밀의 언덕〉의 열두 살 주인공 명은은 글쓰기에 소질이 있습니다. 교내 환경보호 글짓기 대회에서 우수상을 탈 정도로요. 같은 반 경수는 엄마가 대신 써준 글로 장려상을 탔지만 명은의 우수상은 명은이 스스로 만들어낸 성과입니다. 명은은 환경 관련 책에서 찾은 정보로 글의 설득력을 높이고 국어사전에서 '서글프다'라는 형용사를 찾아 문장에 감정을 더할 줄 아는 어린이거든요. 매연에 신음하는 하늘과 배 속이 오물로 가득 찬 물고기에게로 시선을 돌려 쓴, 세심함이 돋보이는 글이었습니다. 명은은 평소에도 '비밀 우체통'을 만들어 친구들의 말 못 할 고민을 들어주는 섬세한 반장인데요. 이렇게 똑 부러진 명은에게 서툰 부분이 있다면 그건 자신에 대해 이야기하지 않는다는 점입니다. 친구들의 고민은 들어줄 준비가 되어 있으면서 정작 본인의 고민은 아무것도 털어놓지 않죠. 특히 부모님에 관해서라면 거짓말도 서슴지 않습니다.

"어제 우리 엄마가 너네 가족 봤대. 너희 부모님 시장에서 일해? 우리 엄마가 너한테 아는 척했는데 넌 봤으면서 인사도 안 했다는데."

"날 어디서 봤는데? 그리고 웬 시장? 우리 아빠 회사 다니는데? 우리 엄마 가정주부고."

명은에게 부모님의 직업은 비밀입니다. 그게 자신의 약점이라고 생각하기 때문입니다. 그래서 명은은 시장에서 젓갈을 파는 진짜 엄마 아빠의 사진이 아닌 가짜 가족 앨범을 만들어와 친구들에게 보여줍니다. 앨범 속 아빠는 양복을 입은 회사원, 엄마는 집에서 쿠키를 구워주는 가정주부가 되어 있죠. 매일 아침 아빠가 도시락으로 싸준 젓갈을 화장실에 버린 뒤 분식집 김밥으로 채워 넣는 것도 약점을 들키지 않기 위해서입니다.

비밀을 지키며 지내던 명은의 일상에 균열이 생기기 시작한 건 혜진이라는 아이가 전학을 오면서부터입니다. 혜진은 옆 반 하얀과 이란성 쌍둥이 자매인데요. 부모님의 직업을 발표하는 시간에 손을 번쩍 들고 일어나 말합니다.

“아빠는 없고요. 엄마는 사람들을 즐겁게 해주는 아가씨 골목에서 사장님을 하세요.”

혜진의 시원시원한 발표에 아이들은 당황합니다. 아가씨 골목~? 수군대는 아이들 사이에서 명은은 조금 다른 의미로 당황한 눈치입니다. 전학을 많이 다닐 수밖에 없었던 이유이기도 한 엄마의 직업을, 굳이 밝히지 않아도 될, 어쩌면 가장 숨기고 싶을지도 모를 자신의 약점을 모두의 앞에서 털어놓은 혜진을 보고 명은은 어떤 생각을 했을까요? 어쩌면 친구 한 명 없이 하얀이랑 단둘이서 점심을 먹는 혜진을 보고 역시 그런 이야기는 하지 않는 편이 낫다고 생각했을지도 모릅니다.

며칠 뒤 명은과 혜진 사이에 작은 마찰이 생깁니다. 명은이 비밀 우체통에 넣은 자신의 쪽지를 의도적으로 숨겨왔다는 걸 눈치챈 혜진이 담임선생님을 찾아간 것인데요. 그렇다면 명은은 여러 사연 중에서 어떻게 혜진의 사연만을 쏙쏙 골라 숨길 수 있었던 걸까요. 여기에 명은의 비밀이 숨겨져 있습니다. 지금까지 비밀 우체통에 들어온 고민 사연은 모두 명은이가 지어낸 것들이었거든요. 반장으로 활약하고 싶은 명은이가 서로 다른 필체로 사연을 적어 넣은 것이었습니다. 하지만 혜진은 명은의 비밀을 모두에게 공개하는 대신 명은과 친구가 되기를 선택합니다. 누군가 철저히 숨기고 싶어 하는 부분을 알게 된다는 건 그를 이해할 근거가 생기는 것이라서, 이 이상 미워하기 힘들어지기 때문입니다. 조금 전까지는 도무지 이해할 수 없었던 부분도 그가 숨겨온 가장 연약한 부분을 근거 삼아 이해하고 싶어집니다.

어쩌면 혜진은 그래서 자신의 이야기를 숨기지 않을 수 있었던 건지도 모릅니다. 잦은 전학 탓에 자신을 따라다니는 오해와 소문에서 벗어날 방법은 하나였을 거예요. 있는 그대로의 나를 이야기하기. 이 경우 나를 이해하려는 사람과 친구가 되거나 되지 않거나 둘 중 하나일 뿐 자신이 밝힌 진실 이상의 억측이 따라다니지는 않을 테니까요.

이런 솔직함은 글짓기 대회에서도 큰 효과를 발휘합니다. 혜진이 '평화'라는 주제로 자신의 이야기를 써서 최우수상을 받게 된 것인데요.

> 우리 자매에게 있어 평화는 점심시간이다. 학교를 전학 갈 때마다 귓가에 들려오는 수군대는 소리는 소리 없는 공격. 우리의 작디작은 심장에 커다란 구멍들이 생긴다. 더 어릴 적 우리는 매일매일을 전

쟁하며 살았다. 전쟁의 이유는 부모님의 이혼과 엄마의 직업. 우리는 전학을 다니며 이름도 모르는 친구들과 매일 전쟁을 했고 매일 보이지 않는 총알을 맞았고 매일 피를 흘렸다.

혜진의 글은, 통일 전망대로 견학을 가서 평화 통일의 중요성을 쓴 명은이의 글과는 완전히 다른, 나에게서 출발한 이야기였습니다. 세상에서 혜진이만 쓸 수 있는 유일무이한 글이었지요.

"너네 글짓기 대회 며칠 동안 준비해?"

명은의 물음에 혜진은 이렇게 답해요.

"우리 준비 같은 거 안 해. 그냥 자기 이야기 솔직하게 쓰잖아? 그럼 선생님들은 감동받아서 상 주시거든. 지금까지 모든 학교가 그랬어."

친구에게 솔직하긴 힘들어도 글에서라면 용기를 내볼 수 있을 것 같았던 명은은 시에서 열리는 글짓기 공모전에 가족에 대한 이야기를 써 내려갑니다. 양복 대신 무거운 청바지를 입고 더러운 운동화를 신고 다니는 아빠가 창피하다는 말, 돈밖에 모르는, 교양 없이 큰 소리로 말하는 엄마가 싫다는 말, 세상에 수많은 가족의 보기가 넘쳐나는데 우리 가족만 보기에 없는 것 같다는 말까지. 명은이는 이 글로 대상을 받게 됩니다.

하지만 이 영화는 자신의 이야기를 솔직하게 쓰라는 주제만을 다루는 건 아닙니다. 솔직한 글쓰기에는 한 가지 맹점이 있는데요. 그건 나의 솔직함이 누군가에게 상처를 줄 수 있다는 점입니다. 대상작이 신문에 공개된다는 사실을 알게 된 명은은 자신의 글로 상처받게 될 엄마 아빠의 마음을 헤아리며 대상 수상을 거절합니다.

나에게서 출발하는 솔직한 에세이가 좋은 에세이라고 생각한다고 답하면 반드시 이어지는 질문이 있습니다. 어디까지 솔직해야 하냐는 것인데요. 에세이는 독자에게 공개 가능한 이야기를 쓰는 장르이므로 솔직함 이후를 감당하는 사람도 오로지 나여야만 하는 글을 써야 합니다. 명은과 혜진 모두 자신의 이야기를 썼지만 명은이 글을 공개할 수 없었던 이유도, 자신의 글을 감당할 사람이 명은 자신만이 아니라 가족 전체라는 점 때문이었으니까요.

하지만 글이 말 못 할 감정과 털어놓을 수 없는 고민에 대한 갑갑함을 해소해 주는 수단으로 쓰인다면 이야기는 달라집니다. 상을 받지 못한 건 아쉽지만 이번 시도로 명은은 알게 되었을 거예요. 글을 쓰는 행위 자체로 해소되는 감정이 있다는 것, 그러니 글은 나만의 비밀의 언덕이 되어준다는 사실을요. 아마 명은은 미래에도 친구들에게 고민을 털어놓는 어른이 되진 않을 테지만 친구들의 이야기를 한참 들어주고 난 뒤 집으로 돌아와 자신의 일기장을 펼치는 사람은 될 수 있을 거예요. 그 시간이 명은에게 꽤 위로가 될 겁니다.

고민을 잘 털어놓지 못해요

사회생활하면서 '고민을 털어놓는 순간 약점이 된다'는 말을 주변에서 많이 들어서 그런지 회사에 다니면서 성격이 더 그렇게 굳어진 것 같아요. 15년 지기 친구들도 가족도 다 저에게는 너무 소중한 존재들이지만 진짜 제 속이야기는 털어놓지를 못해요. '그들도 다 각자 고민이 있을 텐데, 괜히 내 고민 꺼내서 피곤하게 하지 말자', '다들 진짜 속이야기는 마음속에만 숨겨두면서 살아가는 거겠지?' 지레짐작해 버려요.
문제는 이런 내 성격 때문에 죽을 때까지 진짜 의지할 사람을 찾지 못할까 봐 두렵기도 해요. 저 계속 이렇게 살아가도 되는 걸까요?

— M

↳ PS.

M 님의 사연을 읽고 나서 나의 약점을 알고 있는 얼굴들을 떠올려보았습니다. 생각보다 많아서 잠깐 흠칫했지만 크게 불안하지는 않았습니다. 그들이 나를 이해하는 근거로만 나의 약점을 이용한다는 걸 알고 있기 때문입니다. 내가 이해받지 못할 행동을 했을 때, 미화라면, 이런저런 사연이 있는 미화라면 그런 선택을 할 수도 있겠다고. 오로지 나를 이해하기 위해서만 나의 약점을 들추는 사람들이거든요. 적어도 제가 이해하는 친구란 그런 관계입니다.

그러니 M 님의 친구들에게만큼은 M 님을 이해할 기회를 주어도 좋지 않을까요? 친구들이라면 분명 약점을 바탕으로 M 님을 이해하고 싶을 거예요.

■ movie : 〈비밀의 언덕〉, 이지은 감독, 2023.

기적을 기다리고 기다리며 항상 혼자 걷고
항상 더 원하고 빛나길 기다리는 나.

불쑥불쑥 부러워질 때면

엔칸토

부끄러운 얘기지만 나는 동료 작가들을 쉽게 부러워합니다. 책이 출간된 지 일주일 만에 중쇄를 찍는 작가, 행사가 열릴 때마다 만석이 되는, 모객의 어려움이라곤 모르는 작가, 지면이 자주 주어지는 작가, 유명인 피드에 책이 소개되어 역주행 중인 작가, 그리고 이전보다 더 훌륭한 글을 쓰는 작가. 내가 가진 게 무엇인지, 그게 얼마나 감사한지 아는 것과 무관하게, 너무너무 부러워요. 당사자의 입장은 어떨지 모르겠지만 글쎄요. 내가 그걸 알아야 할까 싶을 정도로 마냥 부럽기만 합니다.

내게도 연재 중인 지면이 있고, 내 글을 꾸준히 읽어주는 독자가 있지만, 그걸 잘 알고 있음에도, 동료 작가의 소식을 접하고 나면 부러움이 슬그머니 그 자리를 차지해 버립니다. 마치 뻐꾸기가 남의 둥지에 낳은 알이 일찍 부화해 원래 주인이었던 알을 슬그머니 둥지 밖으로 밀어내는 것처럼, 부러움 뻐꾸기가 자존감 알과 만족감 알을 밀어냅니다. 부화하지도 못한 채 깨져버린 나의 자존감과 만족감…. 그런 날에는 마치 신비한 능력을 부여받은 가족들 사이에서 혼자만 아무 능력을 받지 못한 미라벨이 된 기분이 듭니다.

"근데 언니 능력은 뭐야?"
"미라벨은 능력 못 받았어."

신비의 땅 엔칸토의 생명이 깃든 집, 까시타에는 신비한 마드리갈 가족이 살고 있습니다. 이들이 '신비한' 마드리갈 가족으로 불리게 된 건 가족 구성원 모두가 신비하고 특별한 능력을 지니고 있기 때문인데요. 이모 페파는 기분에 따라 날씨를 변화시킬 수 있고, 브루노 삼촌은 미래를 볼 수 있고, 엄마는 음식으로 사람을 치료할 수 있습니다. 미라벨의 두 자매 이사벨라와 루이사는 물론이고 사촌인 돌로레스와 카밀로에게도 능력이 있는데요. 아무런 능력을 부여받지 못한 건 미라벨뿐입니다.

아침부터 분주한 오늘은 마드리갈 가족의 막내 안토니오의 능력 수여 의식이 있는 날입니다. 자신만의 능력을 적극 활용해 행사를 준비하는 가족들 사이에 어색하게 움직이는 미라벨이 있습니다. 미라벨도 할 수 있는 선에서 돕고 싶은데 가족들은 그런 미라벨의 호의를 마다합니다. 오늘 의식은 완벽해야 하니 준비는 능력자들에게 맡기고 넌 빠지라면서요. 안토니오도 미라벨처럼 의식에서 아무 능력을 받지 못할까 봐 모두가 예민해진 상태였거든요.

다행히도 안토니오는 마을 사람들이 모두 모인 가운데 동물과 소통하는 능력을 부여받게 됩니다. 미라벨은 안토니오가 무사히 능력을 받았다는 사실에 안도하는 한편, 그럼 왜 나만?이라는 생각을 떨칠 수 없습니다. 반짝반짝 빛나는 가족의 그림자가 되어야 하는 자신의 신세가, 조용히 기적을 기다리며 지내온 수많은 밤이 처량하게만 느껴집니다.

'난 괜찮지 않아. 산을 옮길 수도 없고 꽃을 피울 수도 없어. 아픈 사람을 고칠 수도 없고 비나 허리케인을 다룰 수도 없어. 기적을 기다리고 기다리며 항상 혼자 걷고 항상 더 원하고 빛나길 기다리는 나.'

내게도 마드리갈 가족처럼 반짝이는 구성원으로 이루어진 공동체가 있습니다. '어떤요일'이라는 이름의 자발적 연재 모임인데요. 여섯 명의 작가가 모여 월화수목금토요일 중 자신이 맡은 요일마다 글을 발송하는 프로젝트입니다. (일요일은 쉽니다.) 따라서 연재 기간에는 일주일마다 한 편의 글을 작성해야 하는데요. 길게는 3개월간 연재가 진행되기 때문에 무슨 일이 있어도 열두 편의 완성도 있는 글을 펑크 없이 써내야 하는 게 우리의 임무입니다.

작가마다 마감 스타일도 제각각이라, 마감 시간이 임박했을 때 글이 잘 써지는 작가가 있는가 하면 2~3개의 세이브 원고가 있어야만 하는 작가(접니다)도 있습니다. 저는 퇴고를 여러 번 해야만 공개 가능한 수준의 글이 되기 때문에 최소 마감 일주일 전에는 첫 문장을 시작해야만 하는데요. 오랜 시간을 들여 완성한 글이 그렇지 않은 글보다 무조건 좋은 글이 되리라는 법은 없어서, 하루 전에 쓴 동료의 글이 나의 글보다 월등히 좋을 때, 나의 비효율적인 글쓰기 습관이 시시하게 느껴지기도 합니다. 일주일 동안 뜯어고쳐 완성한 노력형 글 말고 하루 만에 쓸 수 있는 재능형 글이 부러워지는 순간이지요.

마드리갈 가족의 능력 수여 의식이 어떻게 진행되는지 설명하는 걸 빠트렸네요. 의식은 생각보다 간단합니다. 자신의 이름이 새겨진 문을 열기만 하면 되는데요. 그럼 나의 능력과 어울리는 테마의 방이 시공간의 제약 없이 펼쳐집니다. 동물과 소통하는 능력을 받은 안토니오의 방이 숲을 이룬 것처럼요. 아무 능력도 받지 못하고 문이 사라져 버린 미라벨만이 아이 때부터 쓰던 단칸방에서 지낼 뿐입니다.

그러고 보니 가족의 신비한 마법에 둘러싸여 하루를 보낸 뒤 자신의 낡은 침대로 돌아가던 미라벨의 심정이, 동료들이 쓴 아름답고 탁월한 문장을 읽다가 울고 싶어지던 나의 월화수목금요일 밤과 비슷할지도 모르겠어요. 반짝이는 동료들과, 가족과 협업한다는 건 나의 자부심과 동시에 나의 부족함을 수시로 재확인하는 일이니까요.

안토니오의 방에서 축제가 한창인 그때, 지붕에서 기왓장 하나가 떨어집니다. 벽도 갈라지고 까시타를 지켜주는 촛불도 꺼질 듯 위태위태합니다. 혼자 마당을 배회하던 미라벨이 할머니에게 이 사실을 알리지만 가족의 눈에는 까시타의 흠집이 보이지 않아요. 심지어는 질투 때문에 미라벨이 거짓말을 한다고 생각하죠. 하지만 우리의 미라벨은 굴하지 않고 까시타를 지키기 위해 혼자서 대책을 세웁니다.

여기서 저는 이런 생각이 들더라고요. 미라벨의 능력은 위기를 감지하는 능력이 아닐까. 미라벨만이 집 안에 숨어 있던 브루노 삼촌을 찾아낼 수 있었던 것처럼, 위기를 감지하는 힘은 내 바깥으로 시선을 돌려 마음을 쏟을 때 발현되는 능력이니, 타인의 감정을 헤아리고 결핍을 알아보고 미소 뒤에 숨겨진 진짜 표정을 읽어낼 수 있는 게 미라벨의 힘이 아닐까 하고요. 슈퍼 파워에 비하면 다소 시시하게 느껴질 수 있지만 관계에서 필요한 건 꽃을 피우거나 날씨를 자유자재로 바꾸거나 산을 옮기는 힘이 아니라 잘 알아채는 능력이잖아요. 그래야 찢어지기 직전의 너덜너덜한 관계를 회복하는 데에 큰 역할을 할 수 있으니까요. 무너지고 흩어진 가족을 다시 이어 붙인 미라벨처럼요.

새로 지은 집의 문고리를 힘차게 열어젖히는 미라벨을 보며, 눈에 띄지 않아서 나조차도 몰랐던 능력이 뭐가 있을까 떠올려 보았습니다. 내게는 하루 만에 멋진 글을 써내는 재능도, 세상을 향한 따뜻한 시선도, 유쾌한 통찰력도 없지만, 그래서 그걸 글에 녹여낼 수는 없지만 어쩌면 마감에 늦지 않기 위해 세이브 원고를 2~3개씩 만들어두는 준비 능력이 내가 가진 힘일 수도 있겠다는 생각이 들었습니다. 애초에 비교군이 잘못되었다는 것도 알게 되었는데요. 동료가 글을 쓰는 데 걸리는 시간과 내가 글을 쓰는 시간을 비교할 것이 아니라 나의 비교군은 나여야 한다는 것. 내가 하루 만에 쓴 글과 일주일 동안 쓴 글이 어떻게 다른지 알게 되는 것, 그래서 내게는 글 한 편을 완성하기까지 얼마의 시간이 필요한지 알게 되는 것이 내가 나를 비교군 삼았을 때 나올 수 있는 유의미한 결과라는 걸 알게 되었습니다.

그래도… 불쑥불쑥 내가 가지지 못한 걸 가진 동료들이 부러워질 때면, 내가 절대로 쓰지 못할 문장에 주눅이 들 때면, 그 멋진 글을 쓴 동료까지 나의 재능이라고 우기기로 했습니다. 나의 신비한 힘은 내게 믿음직스러운 동료가 한 명도 아니고 다섯 명이나 있는 거라고요. 그럼, 능력도 여전하고 내 방도 여전히 코딱지만 하더라도, 침대만큼은 별이 다섯 개!인 장수돌침대에서 꿈을 꾸는 기분으로 잠들 수 있지 않을까요?

열등감과 자격지심이 나를 괴롭혀요

열등감과 자격지심을 심하게 느껴요. 친구가 그냥 본인의 일상을 얘기한 것뿐인데도 저는 그 친구의 얘기를 듣고 혼자서 '난 왜 저걸 가지지 못했을까. 부럽다. 내가 저 친구였다면 얼마나 행복할까'라는 생각이 들어 괴롭습니다.

— K

↳ PS.

이건 좀 다른 이야기지만, 저는 부러워하는 마음을 제거해야 한다고 생각하지 않아요. 열등감은 내 안의 말도 못 하게 구린 감정들에 비하면 귀여운 수준이고, 심지어는 생산적이기까지 한데요. 왜냐하면 제가 더 나아지기 위해 애쓰는 매일의 동력이 열등감이거든요. 친구가 부러워서 걔처럼 되고 싶다면 그의 숨겨진 시간을 들여다보게 될 거고, 그러다 우연히 친구의 결핍과 손잡을 수도 있겠죠. 열등감은 열등감으로만 남아 있지 않을 거예요. 다른 것으로 바뀐답니다. 그게 무엇이든 K 님을 움직이게 할 거예요.

■ movie: 〈엔칸토: 마법의 세계〉, 바이런 하워드 · 재러드 부시 감독, 2021.

반지하에서 옥탑으로 온 것뿐이지만,
이제부터라도 조금이나마 나은 삶을 꾸려가고 싶어.

나라는 사람이 잘 자라려면

식물생활

침대와 책상, 붙박이장이 전부인 방에 누워 천장만 바라보던 때를 기억합니다. 홀로 떠난 베를린에서였지요. 오후 네 시면 해가 지는 베를린의 겨울은 유학생이 견뎌내기엔 무참하게 외로웠습니다. 일찍 찾아온 긴긴밤을 어떻게 보내야 할지 몰라 가만히 누워 시곗바늘 소리를 듣는 게 전부였거든요. 오늘 밤 내가 죽어도 그 사실을 아무도 모른다는 것. 그게 혼자라는 걸, 그때 제대로 알았던 것 같아요. 이대로는 안 될 것 같았습니다. 밖으로 나가자. 해가 지는 걸 내 힘으로 막을 수는 없지만 해가 떠 있는 시간 동안 내 몸에 해를 가득 담아오자. 뭔가 거창하게 말했지만, 공원에 앉아 해를 바라보며 광합성을 한 게 전부였습니다. 마치 식물처럼. 패딩을 껴입고 집 앞 놀이터에 앉아 해를 따라 고개를 돌리던 날들을 재생해 보면 웃음이 납니다. 결코 이길 수 있을 것 같지 않은 어둠과의 싸움에서 내 나름의 최선을 다했던 나를 응원하고 싶어지기도 하고요.

〈식물생활〉의 웹툰 작가 지망생 하나도 밖으로 나오기를 결심합니다. 반지하 자취생활 10년 만에 처음으로 햇볕이 가득 드는 곳으로 이사를 한 것인데요. 햇살도 만끽할 겸 친구 경화와 홍이를 초대했습니다.

"야, 반지하 탈출했다고 좋아하더니 이번엔 옥탑이냐?"
"무슨 소리야. 반지하랑 옥탑은 엄연히 다르다고."
"하긴 너 예전에 살던 데는 사람 살던 데가 아니긴 했지. 거긴 무슨 동굴 같았잖아. 해도 안 들어와서 어둡고 환기도 안 돼서 맨날 기침했잖아. 안 죽은 게 다행이지."

하나도 처음부터 옥탑을 구하려던 건 아니었습니다. 아무리 리모델링을 했다고 하더라도 옥탑은 여러모로 불편하잖아요. 그런데 옥상에 나가보고 나서 생각이 달라진 겁니다. 이 햇빛 아래에서라면 조금이나마 나은 삶을 꾸려나갈 수 있을 거라는 희망이 피어났거든요. 반지하에 살면서도 손바닥만 하게 햇빛이 들어오는 자리에 다육식물을 키우던 하나니까요. 마음껏 식물을 키울 수 있는 옥상이 딸린 이 집을 계약하지 않을 수 없었습니다.

하지만 웹툰 작가 지망생 신분인 하나는 이사 후에도 자주 밤을 새우고, 자신을 방치합니다. 며칠 밤을 새우며 준비한 미팅에서 대차게 까이고 돌아온 하나는 시들어버린 식물을 보고 나서야 자신의 일상이 다시 엉망이 되어버렸다는 사실을 눈치챕니다. 하나가 식물을 키우고 나서 달라진 점이 있다면 바로 이 지점입니다. 눈치챌 수 있다는 것. 하나는 생각합니다. 식물을 돌보는 일은 내가 나의 일상을 잘 돌보고 있는지 알려주는 지침일지도 모른다고요.

일상에 식물이 있고 없고의 차이는 나도 잘 이야기할 수 있습니다. 전문 가드너는 아니지만 내겐 이름을 부르며 정성으로 기르는 식물이 다섯 손가락 이상은 됩니다. 내가 식물생활자의 삶으로 들어선 건 재난 지원금으로 받은 100만 원 덕분이었는데요. 책방 앞으로 받은 지원금을 어디에 쓰는 게 효과적일지 고민하다가 이럴 때 아니면 반려 식물에 수십만 원의 돈을 투자하지 않을 것 같아서, 지원금의 절반을 식물 구입비에 사용하기로 했거든요. 그렇게 구입한 식물이 레몬나무, 으아리, 물푸레나무, 아스파라거스 메이리, 아카시아 프라비시마라는 이름의 친구들입니다.

사계절을 함께 보낸 이 친구들을 돌보는 게 지금은 일상이 되었지만, 익숙해지기 전까지는 아카시아를 말려 죽일 뻔했고, 그다음에는 아스파라거스 메이리를 과습으로 죽일 뻔했습니다. 물푸레나무가 음지식물인지 양지식물인지 몰라 직사광선 아래에 두었다가 태워 죽일 뻔하기도 했고요. 몇 차례 실수와 자책을 거듭하면서 식물도 각각의 생태가 있다는 걸 알게 되었습니다. 식물이라고 해서 다 같은 종이 아니니 물 주는 시기도, 일조량도, 통풍 정도도 다르다는 것을요.

가장 공을 들이는 식물은 레몬나무입니다. 가장 비싸기 때문입니다. 간혹 책방 손님들이 식물을 잘 키우는 방법을 물어 올 때마다 이렇게 답합니다. 비싼 식물을 사면 절대 죽게 내버려둘 수 없다고요. 손님은 이마를 탁 치며 웃지만 저는 제법 진심입니다. 레몬나무는 20만 원이고, 20만 원은 1만 5000원짜리 책을 마흔다섯 권 팔아야 벌 수 있는 금액이라서 솔직한 심정으로 레몬나무가 아니라 돈나무로 느껴지기도 합니다. 이유야 어떻든 매일 정성으로 보살핀 레몬나무에 열매가 자라는 걸 본 이상 이 친구를 죽게 내버려둘 수 없게 되었습니다. 책임감이 생겨버렸거든요. 나 몰라라 침대에만 누워 있고 싶다가도 책방에서 말라갈 식물들을 떠올리면 무거운 몸을 일으키게 됩니다. 조금 귀찮긴 해도 식물을 돌보는 한 나를 방치하지 않을 거라는 확신도 생겼습니다. 출근하자마자 물을 줄지 말지 흙에 손가락을 찔러 넣어 축축한 정도를 살피는 일이, 밤새 나 몰래 자란 새잎을 찾아내는 일이 매일 새롭게 놀랍고 뿌듯합니다.

웹툰 기획사와 몇 번의 미팅 끝에 하나는 피디의 말에 휘둘리기를 멈추고 이제부터 자기만의 이야기를 그리기로 결심합니다. 식물을 돌보듯 자신의 일상에도 해를 비추고 물을 주고 관심을 기울일 수 있는 작품을 만들기로요.

"제목은 정해졌어?"
"응. 제목은… '식물생활'."

식물생활의 충만함을 그때도 알았더라면, 베를린의 겨울이 조금은 덜 외로웠을 것 같지만 돌아보니 그 시절의 나는 나 자신을 식물처럼 보살폈던 것 같아요. 구입한 식물의 이름을 검색해 온도와 습도, 화분의 크기, 일조량과 같은 생장 환경을 알아보듯, 나라는 사람이 잘 자라기 위해서는 무엇이 필요한지, 또 무엇이 과한지를 탐구해 나가면서 혼자서도 건강하게 살아갈 수 있는 완벽한 온실을 만들어나갔던 셈이었죠. 내겐 짧더라도 매일 광합성의 시간이 필요하다는 것, 겨울 찬 공기 속에서 손을 호호 불며 따듯한 음료를 마시는 시간을 좋아하는 사람이라는 걸 알고 나니 추워도, 외로워도 이불에 들어가 있는 대신 바깥으로 나가 기분 전환을 할 수 있었습니다. 내가 시들지 않도록 관찰하고 관심을 기울이는 것. 제가 그 시기를 버틸 수 있었던 방법입니다.

나를 잘 돌보는 법, 무엇이 있을까요?

내 방 한 칸에 가만히 누워 있노라면 세상에 나 혼자만 남겨진 기분이 들곤 합니다. 인생은 혼자라는 잔인하고도 너무나 정확한 그 말. 혼자서도 잘 지내려면 무얼 가장 먼저 챙겨야 할까요? 나를 잘 돌보는 법, 무엇이 있을까요?

— S

↳ PS.

S 님도 식물생활자가 되어보기를 추천합니다. 이왕이면 비싼 식물을 사시기를. 나를 돌보는 데에도 책임감이 필요하고, 때때로 책임감은 돈에서 만들어지기도 하거든요!

■ movie: 〈식물생활〉, 백승화 감독, 2020.

사랑해 엄마. 빨리 나았으면 좋겠어. 행복했으면 좋겠고.
내가 도와줄게. 최선을 다할 거야. 근데 여기 있진 못해.
나는 가야 해. 포기하지 마, 엄마.

한 번은 가족을 떠나야 한다

힐빌리의 노래

'살면서 한 번은 가족을 떠나야 한다'는 문장은 3년의 베를린 생활 끝에 내가 얻은 결론입니다. 만일 그때 베를린에 가지 않았다면, 지금쯤 나는 어떻게 살아가고 있을까요? 잠시 궁금해하다가 어쩐지 알 것 같은 기분에 재빨리 현실과 눈을 맞춥니다.

집을 떠나 베를린으로 향한 건 스물아홉 봄이었습니다. '(그런 가정환경에서) 참 잘 컸다'는 이웃들의 안도를 훈장처럼 달고 다니던 때에, 이대로 직장을 다니면 승진도 하고 결혼도 했을 나이에 돌연 독일로 떠나버렸지요. '일단 오기만 하면 그 이후 생활은 어떻게든 된다'는 친구의 말에, 이 지긋지긋한 가족에게서 멀어질 수 있는 기회가 있다면, 그럴 기회가 평생에 단 한 번 주어진다면 그게 지금이라는 확신이 들었거든요. 8000킬로미터나 떨어진 저쪽의 삶이 어떨지는 예상할 수 없었지만 떠나지 않을 경우 이쪽에서 벌어질 일은 너무나 분명했습니다. 지금처럼 사는 것. 어떤 하루를 보냈든, 어떤 상상으로 내일을 계획하든 무효화해 버리는 집에서 태어난 벌을 받으며 사는 것. 내 인생을 펼치지도 못하고 집 크기만큼 쪼그라든 채 사는 것. 딱 그 크기만큼의 세상만 사는 것. 당시의 나는 누군가 나를 이 집에서 해방해 주길 바라고 있었는데요. 베를린이라는 선택지 앞에서 정신이 번쩍 들었습니다. 이 집에서 나를 해방해 줄 누군가는 다름 아닌 나 자신이어야 했습니다.

나는 예일에 진학했고 가족 중 누구보다도 더 나은 삶에 가까워졌다. 바로 내 앞에 펼쳐져 있지만 가는 길이 쉽지 않으리란 건 이미 짐작했다. 정면승부만이 답이다.

예일대 법대를 다니고 있는 JD는 로펌의 인턴 시험을 앞두고 있습니다. 이번 학기의 장학금이 절반으로 줄어든 JD에겐 고액의 월급을 받을 수 있는 인턴 기회가 누구보다 간절한데요. 최종 면접을 앞둔 만찬 자리, 휴대전화에 뜬 누나 린지의 이름을 확인하자마자 불길한 예감이 듭니다.

"지금 오면 안 돼?"
"안 돼. 면접 주간이라 여기 없으면…."
"그냥 좀 와주면 안 돼?"

예감은 적중했습니다. 엄마가 다시 마약에 손을 대 병원에 입원했다는 연락이었습니다. 최종 면접은 이틀 뒤 오전 열 시. 이번 인턴 자리를 놓치면 대학을 제때 졸업할 수 없는 상황이었기에 JD는 고민에 빠집니다. 엄마가 입원해 있는 오하이오는 면접장과 차로 열 시간이 떨어진 거리였거든요. 손바닥으로 얼굴을 쓸어내리는 JD의 머릿속에 엄마가 손을 내밀던 어린 시절이 자꾸 아른거립니다. 가정적으로나 사회적으로나 좋은 어른은 아니었지만 나를 사랑하는 건 분명했던 엄마의 모습이요.

JD는 오하이오로 향하기로 합니다. 면접까지 빠듯한 일정이었지만 엄마를 모른 척할 수 없었거든요. 병원에 가보니 엄마의 상태는 예상보다 훨씬 좋지 않았습니다. 어렵게 예약한 요양원에도 들어가지 않겠다며 악을 써대는 엄마를 보니 JD는 마음이 약해집니다. 내일 면접에 제때 도착하려면 한 시간 반 안에는 떠나야 하는데 이렇게 엄마를 혼자 내버려두고 가도 되는 걸까, 면접에서 합격하리라는 보장도 없는데? 그러다 잠시 자리를 비운 사이 또 마약을 하려는 엄마를 발견하고 나니 누군가의 얼굴이 강렬하게 떠오릅니다. 예정되어 있던 딱 이 모양대로의 미래에서 나를 꺼내준 사람. 할머니였습니다.

JD가 예일대에 진학할 수 있었던 건 전부 할머니의 도움 덕분이었습니다. 고함이 오가는 식탁 위에서도 수학 문제를 풀던 JD가 점점 학교와 멀어지는 걸 지켜보던 할머니는 JD를 집에서 데리고 나옵니다. 가로막는 엄마를 뿌리치며 할머니를 따라 나서던 어린 JD도 실은 알고 있었던 거겠죠. 이대로 살다간 엄마에게서, 이런 환경에서 절대 벗어날 수 없다는 걸요.

"여기 엄마랑 있어줘."

JD는 주사기를 빼앗기고 침대에 누워 울부짖는 엄마의 손을 놓기로 결심합니다. 엄마의 손은 세상으로 나아가려는 JD를 자꾸 그 시절로 데려다 놓거든요. 엄마의 손을 놓지 않는 한 JD는 과거에서, 이전의 삶에서 벗어날 수 없을 겁니다.

"사랑해 엄마. 빨리 나았으면 좋겠어. 행복했으면 좋겠고. 내가 도와줄게. 최선을 다할 거야. 근데 여기 있진 못해. 여기 있어서는 아무에게도 도움이 안 돼. 나는 가야 해. 포기하지 마, 엄마."

베를린에서 머물던 3년간, 독일과 한국의 물리적 거리감은 나의 숨통을 트여주었습니다. 한국에 있는 가족은 아무래도 여전할 것이었고 비슷한 사건들이 반복되었겠지만 나는 모를 수 있었거든요. 분명히 일어난 일도 내가 모르고 지낼 수 있다면, 내 세계에서는 일어나지 않은 일이 되어버린다는 게 무책임하게 좋았습니다. 그렇게 점점 가족과 나를 분리해서 생각할 수 있게 되었고, 한국에 돌아가지 않겠다는 (문자) 통보에 가족의 비난을 견뎌야 했지만 이전처럼 무섭지는 않았습니다. 여기는 독일이니까. 가족의 영향권에서 벗어났으니까. 아마 가족에게도 큰 충격이었을 겁니다. 내가 영영 가족을 떠날지도 모른다는 가능성 때문에요.

한국으로 돌아온 후 가족과의 관계는 크게 변했고 또 변하지 않았습니다. 내 기분을 단번에 밑바닥으로 끌어내릴 수 있는 세상의 유일한 사람들이라는 점은 변함이 없지만, 가족과 분리된 나의 고유한 삶이 존재한다는 걸 서로가 알게 되었다는 게 큰 변화입니다. 그러니 가라앉은 기분 또한 얼마든지 스스로 회복할 수 있게 되었다는 것도요. 더 이상 가족에게 사로잡혀 내게 주어진 기회와 또 다른 삶의 가능성을 놓치진 않을 겁니다.

이 '베를린 사건'은 가족은 나의 전부가 아닌 일부이며, 내 삶을 망치는 것도 구원하는 것도 오로지 나여야 한다는 걸 알게 해준 경험이었습니다. 그 과정에서 필연적으로 부모를 실망시켜야 했지만, 필요하다면 저는 또 그들을 실망시킬 각오가 되어 있습니다. 그게 나를, 내 삶을 살리는 일이라면요.

가족에게서 벗어나기 힘들어요

저희 집은 가정폭력이라기엔 애매한 학대를 하는 집이었습니다. 사회에 나와 보니 온전한 대인관계를 이루기 어려웠습니다. 제대로 된 관계를 맺는 법을 배우지 못했으니깐요. 흔히 말하는 은둔형 청년이 되었고 일은 하지만 대인관계 없이 지낸 지 7년이 넘어갑니다.

과거에는 가능성도 기회도 많았습니다. 원하던 대학도 합격했고 대기업도 여러 번 최종합격하고 공모전에도 붙었습니다. 그럴 때마다 번번이 가족은 제 발목을 잡았습니다. 덕분에 모든 기회를 날리고 무기력에 빠졌습니다. 돌이켜보면 초등학생 때부터 집안일은 제 몫이었고 다른 친구들은 놀러갈 때 저는 빨래를 하고 반찬 고민을 해야 했어요. 20대가 되면 독립해서 진정한 내 삶을 살 수 있을 거라는 희망으로 버티고 또 버텼습니다. 그런데 저의 20대는 흔한 사진 한 장 없이 집에서만 보내게 되었네요.

요즘 드는 생각은 돈도 명예도 직업도 아닙니다. 과연 나는 뭘까, 왜 살아야 할까같이 부질없는 고민이에요. 30대에는 삶이 바뀔 수 있을 거란 생각도 이제는 모르겠습니다.

— Y

↳ PS.

JD의 할머니는 JD에게 이런 가르침을 주었다고 해요. '우리의 시작이 우릴 정의하더라도 매일의 선택으로 달라질 수 있다.' Y 님의 시작은 이미 정의되었을지도 모르지만, 앞으로의 삶은 Y 님의 선택으로 달라질 거예요. Y 님을 망하게 하는 것도 Y 님을 구원하는 것도 오로지 Y 님 자신이어야 합니다. 가족에게 그 권리를 넘겨주지 마세요.

■ movie : 〈힐빌리의 노래〉, 론 하워드 감독, 2020.

성실하게 만들 뿐.

내가 만족할 수 있는 포토푀

문제 있는 레스토랑

프랑스인 친구 집에 초대받은 적이 있습니다. 베를린에서 어학원을 다니던 시절의 일인데요. 동기들끼리 문화교류를 핑계로 서로의 집에 초대해 자국의 가정식을 대접하곤 했거든요. 추석에 우리 집에서 만두를 빚어 먹은 일에 대한 보답으로 받은 초대였지요.

너무 오래전이라 친구의 이름은 가물가물한데도 그녀가 해준 요리만큼은 아직도 생생히 기억납니다. 각자 좋아하는 채소를 통째로 가져와 달라고 했던 미션이 있었거든요. 어떤 요리일지 상상하며, 또 누군가와 겹치지 않길 바라며 장을 보던 날이, 낯선 나라에서 한정된 예산으로 살아야만 했던 내가 유일하게 마트에서 움츠러들지 않고 설렌 날이었습니다. 한참을 채소 코너 앞에서 고민하던 내가 고른 건 파였습니다. 대파. 한국인이라면 마늘을 골라야 맞지만 이미 지난번 만두 모임에서 한국의 맛을 보여줬으니, 이번에는 파여야 한다고 생각했던 것도 같습니다. 비교적 저렴한 채소라는 이유도 있었겠지요.

불룩한 가방을 하나씩 들고 친구 집에 모인 우리는 각자가 들고 온 채소의 독일어 명칭과 모국어로 부르는 말을 번갈아 들려주었는데요. 내 차례가 되었을 때, 파!는 중국어로 '두렵다'는 뜻이라던 중국인 친구의 말이 선명하게 기억납니다.

각각의 채소를 손질해 프랑스인 친구가 만들어준 요리는 '포토푀'였습니다. 건더기 재료가 뭉텅뭉텅 통째로 들어간 투박한 스튜였지요. 두꺼운 소고기, 양파, 당근, 아스파라거스, 양배추 그리고 나의 두려운 파가 그릇에 퐁당 빠져 있는. 기교 없이, 숨겨진 재료 하나 없이 보이는 그대로가 전부인 이 스튜가 우리들처럼 느껴진 것도 같습니다. 제각각의 모습으로 따듯할 수 있다는 게 그랬습니다.

이제는 맛도 잘 기억나지 않는 포토푀를 다시 만난 건 일본에서였습니다. 프랑스 가정식이라고 알고 있었는데 일본인에게 더 사랑받는 요리였다니. 문득 아무것도 두렵지 않다가도 모든 게 두려웠던 그 시절이 그리워져 포토푀를 먹을 수 있다는 식당을 찾았습니다. 천장도 없는 허름한 건물 옥상에 문을 연 작은 비스트로. 그런데 이 식당에 문제가 있다고 합니다. 아니, 문제가 있는 건 식당이 아니라 식당의 직원들이라고 하네요.

타마코가 문을 연 비스트로 '푸'의 직원은 모두 사회의 기준으로 보면 어딘가 문제 있어 보이는 사람들입니다. 타마코가 한 명 한 명 불러 모은 구성원이지요. 도쿄대를 졸업한 뒤 대기업에 취업했지만 자신보다 학벌이 좋다는 이유로 남자 상사에게 괴롭힘 당한 경영 컨설턴트, 프랑스에서 공부했지만 여장 게이라는 이유로 선택받지 못한 파티시에, 전업주부인 자신을 무시하는 남편과 이혼 조정 중인 싱글맘, 상사에게 스토킹을 당한 레스토랑 서버, 자유로운 영혼의 소믈리에, 그리고 아빠를 증오하는 히키코모리 셰프까지. 타마코는 왜 이들과 식당을 열고 싶었던 걸까요?

복수를 위해서입니다. 라이크 다이닝 서비스라는 요식

업 회사에 복수하기 위해서요. 라이크 다이닝 서비스에서 선보인 고급 레스토랑 '심포닉' 앞에 비스트로를 연 것도 모두 이 때문입니다. 라이크 다이닝 서비스는 여성의 실적을 빈번히 가로채면서 책임은 떠넘기는, 성차별과 성희롱이 만연한 남성 중심의 회사였는데요. 자신의 친구이기도 한 사츠키가 대표와 상사들이 모인 회의실에서 심한 성희롱을 당했다는 사실을 알게 된 타마코는 친구를 대신해 복수를 결심합니다. 눈치채셨을지 모르지만 비스트로 푸의 직원 모두가 직간접적으로 라이크 다이닝 서비스에서 차별을 경험한 사람들입니다.

이 〈문제 있는 레스토랑〉의 운영이 처음부터 순조로웠던 건 아닙니다. 특히 아빠를 비롯해 인간에 대한 불신이 가득한 셰프 치카가 합류하는 데에 오랜 시간이 걸렸죠. 아빠에게 사랑도, 인정도 받아본 적 없는 치카에게 요리는 히키코모리 시절의 괴로움을 떠올리게 하는 일이거든요. 히키코모리 엄마를 살리기 위해 자신도 히키코모리가 될 수밖에 없었던 때, 아무것도 먹지 않는 엄마에게 밥을 해주느라 저절로 늘게 된 요리 실력이, 치카는 자랑스럽지 않습니다. 그런 치카가 비스트로 푸로 들어오기로 마음먹은 건 놀랍게도 심포닉의 포토푀를 맛보았기 때문입니다. 처음으로 요리로 이기고 싶은 진짜 라이벌이 생긴 것인데요. 물론 고급 레스토랑의 베테랑 셰프를 이기기란 쉽지 않아서 번번이 지고, 그럴 때마다 포기하고 싶어집니다. 하지만 "어떻게 하면 그런 요리를 만들 수 있냐"는 물음에 당연하다는 듯 "성실하게 만들 뿐"이라는 상대 셰프의 답변을 듣고 난 이상 도망갈 수 없어집니다. 자신만의 레시피를 만들기 위해 매일 밤 자신과의 승부를 벌이고 있는 사람은 이길 수 없다는 걸 알게 된 치카는 다시 한번 불 앞에 섭니다. 엄마를 살리기 위한 필사적인 요리가 아니라, 아빠에게 인정받고 싶으면서도 그런 자신을 혐오하게 되는 요리가 아니라, 나 자신으로 깨끗하게 승부할 수 있는 요리. 치카는 그런 마음으로 포토푀를 만듭니다. 그리고 이 모든 과정을 비스트로 푸의 동료들이 함께합니다. 그러니 천장도 없는 허름한 옥상에서 자신들만의 레스토랑을 완성해 나가는 이들의 모습이 포토푀처럼 느껴지는 게 그리 대단한 은유도 아니겠지요.

독일에서 보낸 어학원 시절이 내게 그저 좋은 기억으로만 남아 있는 건 내가 포토푀의 파로만 존재할 수 있었던 시기여서가 아닐까 싶어요. 무슨 말이냐면 누군가의 기대에 부응해야 하거나 누군가를 만족시키기 위해 애쓰지 않아도 되는, 오로지 독일어 실력만 쌓으면 되는 시기였거든요. 독일어와의 싸움에서 매번 패하면서도 완전히 지지 않을 수 있었던 건, 그게 나를 나아지게 하는 패배였기 때문이라는 걸 지금은 압니다. 나 아닌 타인의 인정을 얻기 위한 승부에서는 이겨도 질 수밖에 없다는 사실도요. 치카는 요리를 시작한 이후 처음으로 다른 사람이 아닌 내가 만족할 수 있는 포토푀를 만들기 위해 자신과 싸우는 중입니다. 이런 승부라면 조금은 무리해도 괜찮겠지요.

문제 있는 사람들이 모여 만든 레스토랑, 비스트로 푸의 '푸fou'는 불어로 '바보'를 의미합니다. 불을 의미하는 feu를 fou로 잘못 써서 만들어진 이름인데요. 바보라고 적힌 깃발이 펄럭일 때마다 심포닉 쪽에서 비웃는 소리가 들려옵니다. 저 바보들. 저 문제 있는 여자들. 하지만 이길 수 없을 줄 알았던 이 싸움에서 지지 않을 수 있었던 건… 이들 모두가 누군가에게 인정받을 생각으로 일한 게 아니기 때문입니다. 나 이외의 사람에게 질 생각이 없는 사람을 이기기란 쉽지 않은 법이니까요. 바보로 불릴지언정 지지는 않을 겁니다.

아직도 아빠가 무서워요

고압적인 아빠와의 관계 때문에 아빠 또래 남성을 대하기가 너무 힘들어요. 잘하는 게 당연한 거라고 여기며 살아서 앞으로도 끊임없이 저를 증명하고 보여줘야 할 것 같아 부담도 됩니다. 이제 서른인데 아직도 아빠가 무섭네요. 저는 언제쯤 아빠를 극복할 수 있을까요?

— C

↳ PS.

인정받아야 할 대상이 절대적인 존재라면 벗어나기 쉽지 않을 거예요. 저도 여전히 아빠의 기침 소리만 들려도 벼락 맞은 기분이거든요. 이런 관계에서는 물리적으로 거리를 두는 게 효과적이지만 불가능하다면 굳이 인정받지 않아도 되는 분야를, 그러니까 나 자신만을 위한 의외의 이벤트를 해보는 게 도움이 될지도 모릅니다. 요리란 필연적으로 누군가를 만족시켜야 하는 분야이지만 그게 자신을 향할 때는 위로가 되는 것처럼요. C 님은 어떤 채소를 좋아하시나요? 좋아하는 채소를 잔뜩 넣은 C 님만의 포토푀가 궁금합니다.

■ drama: 〈문제 있는 레스토랑〉, 나미키 미치코 · 카토 유스케 연출, 2015.

누나는 많은 사람들로부터 도망쳐 왔지만, 이번에야말로
새로운 곳에서 내 힘으로 떳떳하게 살아갈 생각이야.

진짜 혼자가 된다는 것

백만엔걸 스즈코

한 달 정도 자취방 밖으로 나가지 않은 시기가 있습니다. 대학교 2학년 첫 학기가 끝난 여름방학이었어요. 0점짜리 시험지를 받아 들고서 어떤 정리가 필요하다는 생각을 했습니다. 그건 잘못 선택한 전공이기도 했고, 무리하게 붙잡고 있던 관계이기도 했습니다. 내게 어떤 형태의 결속이 필요한지 알아볼 새도 없이 입학과 동시에 생겨버린 관계들이요. 분위기에 휩쓸려 속해버린 무리의 친구들이 나와는 다른 결이라는 걸 알아차렸을 때는 이미 관계가 굳어진 뒤였습니다.

자취촌이 형성된 지역에서의 대학 생활은 잦은 술자리로 이어졌고, 만남이 반복될수록 대화에 집중하지 못하고 돌아갈 타이밍만 노리는 시간이 늘어갔습니다. 그걸 잘 숨기는 타입도 아니라서 친구들의 원성을 사기도 했고요. 딱히 다른 관계가 필요한 게 아니라 혼자만의 시간이 부족했던 것뿐이었는데. 그런 이유로 약속을 거절할 수는 없었습니다. 내향형이라고 하면 이해받는 요즘과는 사뭇 다른 분위기였거든요. 그러다 전공 시험에서 0점을 맞는 사태가 벌어지면서 가까스로 틀어막고 있던 마음의 둑이 와르르 무너져 내렸습니다. 시험 점수와 친구 사이에는 아무 연관이 없었음에도 맞지 않는 걸 억지로 이어가려고 애쓴 결과라고 생각하니 전공이든 관계든 전부 정리하고 싶어졌습니다. 스즈코처럼 지역을 옮겨 다닐 수는 없으니 방문을 닫아버리는 방식으로요.

영화 〈백만엔걸 스즈코〉는 억울하게 형사 고발을 당한 뒤 관계에 신물이 난 스즈코가 어떻게 사회적 관계 맺기를 거부하며 생활해 나가는지를 보여주는데요. 그 방식이 아주 특이합니다.

"왜 100만 엔이야?"

"100만 엔 정도면 집을 얻을 수 있으니까. 보증금이랑 부동산 비용 등등. 다른 동네로 가서, 100만 엔 모이면 다시 다른 데로 갈 거야."

"왜 그렇게 하는 건데?"

"그냥… 나를 아는 사람이 아무도 없는 데로 갈 거야."

스즈코가 집을 떠나 처음으로 정착한 곳은 바닷가. 이사하는 데 쓴 비용을 채우면 다시 떠나기로 한 스즈코는 해변에서 팥빙수를 팔다가 접근해 오는 남자가 귀찮아질 즈음, 녹음이 우거진 시골의 복숭아밭으로 두 번째 이사를 합니다. 스즈코가 복숭아 따기에 익숙해지자 주민들은 스즈코에게 무리한 요청을 하는데요. 노인뿐인 마을의 부흥을 위해 복숭아 아가씨가 되어달라는 것이었습니다. 주민들의 황당한 부탁에 100만 엔을 모으자마자 도망치듯 도쿄 교외의 작은 도시로 이동한 스즈코. 이번에는 대형 마트의 원예 코너에서 아르바이트를 시작합니다.

"뭔가에 쫓기고 있어요?"

"그런 게 아니라 어디를 가도 겉돌기만 하고. 차라리 아무도 나를 아는 사람이 없는 곳에서 살아보고 싶다고 생각한 적 없어요? 그래서 낯선 곳으로 간 거예요. 물론 처음에는 아무도 저를 모르지만 점점 아는 사람이 생기고. 그럼 귀찮은 일에 휘말리게 되죠. 100만 엔만 있으면 집을 빌릴 수 있고 다음 일자리를 찾을 때까지 생활이 가능하니까 100만 엔을 모아서 전전하고 있어요."

"그럼 100만 엔이 모이면 또 여기를 떠날 거예요?"

지금까지 관계를 잘 차단해 온 스즈코는 같은 원예 코너에서 일하는 또래 청년 나카지마에게 사연을 털어놓게 됩니다. 나카지마에게는 어쩐지 있는 그대로의 나를 보여줄 수 있을 것 같았거든요. 결국 두 사람은 연인 관계로 발전하게 되고, 스즈코도 이곳 생활에 정착하는 듯 보입니다.

하지만 행복한 생활도 잠시, 언제부턴가 나카지마가 스즈코에게 돈을 빌려 가기 시작합니다. 5만 엔, 1만 엔… 급기야 다른 여자와의 데이트 비용까지 스즈코가 내는 일이 벌어지죠. 상처 입은 스즈코는 100만 엔을 채 모으기도 전에 도시를 떠나기로 결정합니다.

내가 그 시기에 방에 틀어박혀서 한 일이라고는 아침부터 잠들 때까지 영화 보기, 책 쌓아두고 읽기가 전부였습니다. 그러다 너무 좋은 작품을 만나면 이게 왜 좋은지를 구구절절 블로그에 옮겨 적었지요. 좋아하는 일본 드라마나 애니메이션은 대사를 줄줄 외울 정도로 반복해 보기도 하고, 마음에 드는 장면은 출력해서 책상에 붙여두기도 하고요. 책상이 스크랩해 둔 사진으로 어지러워질수록 나를 나답게 만드는 레이어가 여러 겹 쌓여가는 것 같았습니다.

전공서는 거들떠보지도 않고 누군가를 만나지도 않았지만, 학기 중보다 더 아낌없이 하루를 보내는 기분이었습니다. 친구들의 연락을 줄기차게 피하며(방학 특성상 저의 은둔 생활이 크게 문제되지는 않았습니다) 혼자만의 시간을 보내고 나니 알겠더라고요. 내겐 이런 시간이 필요하구나. 이런 시간을 위해서라면 혼자여도 괜찮은 사람이구나,라는 것을요.

이후에 두 가지 결정을 내릴 수 있었는데요. 첫 번째는 전공을 바꾸는 것. 두 번째는 원하지 않는 자리엔 나가지 않는 것이었습니다. 개강 후 우연히 마주친 친구들에게 감정 섞인 비난을 들어야 했지만, 변명할 생각은 들지 않았습니다. 관계를 맺고 지켜나가는 건 대학 생활에서 꽤 중요한 일이지만 내가 나와의 시간을 포기할 만큼 그 관계가 소중한가 생각하면 대답은 간단했습니다. 이러다 대학 친구 하나 없이 사회로 내몰리는 것 아닌가 겁이 나기도 했지만, 사회에는 사회의 관계가 나를 기다리고 있을 테니까요.

이제는 담백하게 말할 수 있지만, 관계를 정리하는 과정은 답장 하나도 머리를 쥐어뜯으며 보내야 하는 일이었습니다. 혼자서 보내는 시간이 즐거운 사람에게도 약속을 거절해야 하는 건 꽤 큰 스트레스였습니다. 거절당하는 입장에서도 결코 유쾌하지 않을 일을 해야만 했으니까요. 저를 일찍이 파악해 이해해 주는 친구도 있었고 서운함을 토로하는 친구도 있었습니다. 대신에 저는 혼자서 정말 끝내주게 즐거운 시간을 보냈습니다. 친구들이 보면 고작 이러고 있으려고 우리랑 안 만난 거냐고 할 수 있지만 그게 내가 나랑 제일 재미있게 노는 방법이었습니다. 그 방법을 알고 있다는 사실 자체가, 혼자여도 괜찮게 해주는 무기였습니다.

이게 제가 지금까지 연락하고 지내는 대학 친구가 거의 없는 연유인데요. 내 인성을 탓할 수도 있지만 그러기엔 지금 제 주변에 좋은 친구들이 아주 많거든요. 내가 어떤 성향인지를 완전히 파악한 후에 만난 관계는 적당한 탄력으로 우정을 유지해 줍니다. 혼자 있는 시간을 좋아한다는 게 친구가 없다는 것과 같은 뜻이 아니라는 것, 다시 말해 혼자만의 시간을 갖기 위해 친구 관계를 정리해야 하는 건 아니라는 걸 이제는 압니다. 함께이면서 나다울 수 있는 관계도 얼마든지 있다는 것도요.

스즈코는 주소지를 옮길 때마다 자신의 어린 남동생 타쿠야에게 편지를 쓰는데요. 나카지마와 헤어진 뒤에 이런 말을 적었더라고요. '누나는 많은 사람들로부터 도망쳐 왔지만, 이번에야말로 새로운 곳에서 내 힘으로 떳떳하게 살아갈 생각이야.'

아무도 나를 모르는 곳에서 혼자가 되기란 쉬운 일입니다. 하지만 진짜 혼자가 된다는 건, 혼자서도 떳떳할 수 있다는 건 어디서든 내가 나다워지는 시간을 보낼 수 있다는 의미 아닐까요. 그게 친구의 유무와는 관계가 없는 일이라는 걸 스즈코도 언젠가 알게 될 겁니다.

인간관계가 불필요하다고 느껴져요

예전부터 사람 사귀는 것에 어려움을 느꼈고 갈수록 혼자가 더 편합니다. 친구들이랑 노는 게 즐겁지가 않고 어떻게 놀아야 하는지도 모르겠습니다. 다른 사람들과 있을 때는 내가 내 모습이 아닌 것 같아 정신이 불안정하고, 집에 혼자 있을 때야 진짜 저 자신으로 돌아온 것 같아요. 인간관계 속에서 자꾸만 소모된다고 느껴지고 친한 이들과의 관계마저 이어나가고 싶지 않다는 생각이 듭니다. 저와 잘 맞는 사람들이 아니어서인지, 아니면 제 성격과 인성에 문제가 있어서인지 혼란스럽습니다.
이렇게 남들을 쳐내고 오만방자하게 굴다가 결국엔 누구도 나를 좋아하지 않게 될지도 모르겠다는 두려움이 듭니다.

— W

↳ PS.

어렵게 마음을 연 상대가 자신을 배신했다는 사실을 안 스즈코가 다시 혼자가 되는 이 영화는 마치 관계에 희망이 없다는 이야기로 들리지만 진짜 메시지는 마지막에서야 드러납니다. W 님을 위해 마지막 장면을 영화에 남겨두었어요.

■ movie: 〈백만엔걸 스즈코〉, 타나다 유키 감독, 2008.

그래서 중퇴했어요. 난 쿠키를 만들 때
세상을 더 멋진 곳으로 만들 수 있음을 깨달았으니까요.

내가 책임지고 싶은 모습

스트레인저 댄 픽션

큰 사건도, 새로운 인연도 없이 평탄한 매일을 보내는 국세청 직원 해럴드에게, 어느 아침 이런 목소리가 들려옵니다.

누군가 해럴드에게 묻는다면 그 수요일은 여느 때와 다를 게 없었다고 말할 것이다. 늘 그랬던 것처럼 하루를 시작했다. 보통 사람이라면 오늘 하루를 그려보거나 간밤의 꿈이라도 생각해 볼 텐데 해럴드는 그저 칫솔질을 세고 있다.

내가 하는 행동이 내레이션으로 들려오기 시작한 것인

데요. 영문도 모른 채 들려오는 소리에 혼란스러워하던 것도 잠시, 별 뜻 없는 행동도 근사한 문장으로 해설해 주는 걸 보니 아무래도 내가 소설 속 주인공이 된 것 같아 제법 마음에 듭니다. 다음 문장이 들려오기 전까지는요.

해럴드는 이 사소하고 대수롭지 않은 일이 그의 임박한 죽음을 예고한 걸 전혀 몰랐다.

잠깐만, 내가 죽는다고? 자유의지를 가진 한 명의 인간으로 살아왔다고 생각했는데 실은 작가가 쓴 지문대로 생각하고 행동하고 결정하는 소설 속 인물일 뿐이었다고? 거기다 죽음이 임박했다고? 아무리 도전이나 모험 없이 주어진 길만을 걸어온 해럴드라도 내 인생의 결정권자가 자신이 아닌 이름도 얼굴도 모르는 어딘가의 작가라는 사실은 받아들이기 힘듭니다. 정신과를 전전하던 해럴드는 자포자기하는 심정으로 문학 교수인 힐버트 박사를 찾아갑니다.

박사와 해럴드는 들려오는 내레이션을 토대로 소설의 장르, 배경, 문체를 좁혀나가며 해럴드의 인생을 소설로 쓰고 있을 몇 명의 작가 후보를 리스트업하는데요. 작가가 누구든 소설의 결말을 바꾸기 위해서는 주인공인 해럴드가 직접 이 이야기를 희극 서사로 이끌어야 한다고 박사는 말합니다.

"희극 서사가 뭔가요?"

"바로 주인공을 매우 싫어하는 사람과 사랑에 빠지는 이야기지."

나를 싫어하는 사람과의 사랑이라… 해럴드의 머릿속을 스쳐가는 얼굴이 있습니다. 자신이 회계감사를 맡은 빵집의 제빵사 애나입니다. 전쟁을 위한 국방비 등 자신이 동의하지 않는 분야에 쓰이는 세금은 내지 않아 국세청 직원인 해럴드의 감사를 받고 있는 인물인데요. 자신이 옳다고 생각하는 일이라면, 설령 그게 남들에게 이해받지 못하는 일일지라도, 거침없이 표현하고 행동하는 애나에게 해럴드는 희극의 감정을 느낍니다. 몇 번의 시도 끝에 애나와 연인 사이가 된 다음 날, 내레이션의 분위기가 사뭇 달라집니다. '해럴드의 삶은 의미 있고 평범한 순간으로 채워졌다'라는 지문은 분명 비극이 아닌 희극의 것이었지요.

좋은 소식을 전하기 위해 찾은 힐버트 박사의 연구실에서 해럴드는 우연히 TV에서 내레이션과 꼭 닮은 목소리를 듣게 됩니다. 목소리의 주인공은 다름 아닌 소설가 캐런 에펠이었습니다. 비극 소설의 대가, 캐런 에펠!

"저 여자예요. 저 여자 목소리예요."
"저 작가는 쓰는 책마다 주인공을 전부 죽여. 저 여자는 비극만 써!"

그 시각 소설가 캐런 에펠은 해럴드를 죽일 완벽한 방법을 찾아냅니다. 간결하면서도 역설적이고 가슴 아픈 죽음이었지요. 구상을 모두 마치고 소설의 엔딩을 타이핑하려는데 작업실에 전화가 걸려 옵니다. 국세청 직원의 신분을 이용해 캐런 에펠의 전화번호를 알아낸 해럴드가 제발 자신을 죽이지 말아달라고 부탁하기 위한 전화였죠. 하지만 이미 초고 작성을 끝낸 캐런은 수정을 약속하는 대신 해럴드에게 소설의 결말을 읽어볼 기회를 줍니다. 자신이 어떻게 생을 마감하는지, 어떤 죽음을 맞이하게 되는지를 해럴드가 먼저 확인할 수 있도록 말이죠. 초고를 받아 든 해럴드는 힐버트 박사에게 대신 읽어주기를 부탁합니다. 읽어본 후 문학적으로든 현실적으로든 죽음을 피할 수 있을지 알려달라고요.

"자넨 죽어야 해. 이건 걸작이야. 이 작품은 캐런 에펠의 가장 중요한 소설이 될 거야. 자네가 결말에서 죽지 않으면 아무 소용이 없어.

죽고 싶은 사람은 없지만 누구나 죽게 마련이야. 확실한 건 그녀가 쓴 것처럼 시적이거나 의미 있는 죽음이 되진 못할 거란 거야. 미안하지만 이런 게 비극이네. 주인공은 죽지만 이야기는 영원히 남지."

결말을 확인한 해럴드는 소설가를 찾아가 이렇게 말합니다. 결말은 하나뿐인 것 같다고. 수정하지 말고 이대로 마무리 지으라고요. 힐버트 박사의 말대로 캐런 에펠의 소설은 자신이 죽어야만 완성이 되는 이야기였거든요. 다음 날 해럴드의 귓가에 내레이션이 들려옵니다. '죽기 전날 밤 해럴드는 평소와 다름없이 사무실에서 일을 했다. 그리고 애나를 찾아갔다. 괜찮은 밤이었다. 상황이 달랐다면 평범해 보였을 것이다. 하지만 곧 다가올 아침 때문에 이날 밤은 특별했다.' 소설에서 본 것과 다름없는 지문이었습니다. 해럴드는 다음 날 아침 소설과 같은 시간에 일어나 늦지 않게 집을 나섭니다. 그러고는 소설에서 읽은 대로 버스로 뛰어드는 아이를 구하기 위해 주저 없이 달려갑니다.

좋은 선택이란 무엇일까에 대해 자주 고민합니다. 삶의 모든 순간은 선택이고, 선택에 대한 책임을 지며 사는 게 삶이라는 것 또한 알고 있지만, 그래서 내 선택이 좋은 선택이었는가에 대해서는 여전히 물음표입니다. 현재는 내가 선택한 것에 대한 결과일 뿐, 선택하지 않은 결과는 영원한 가능성으로 열려 있으니까요.

그렇다면 해럴드의 선택은 좋은 선택이었을까요? 아이를 구하지 않는 선택을 했다면 이 소설의 엔딩은, 또 해럴드의 인생은 어떻게 끝이 났을까요? 그 버전의 이야기는 알 수 없지만 다행히 우리는 해럴드가 죽기를 선택하고도 죽지 않은 결말을 볼 수 있습니다. 소설가 캐런 에펠이 해럴드가 아이를 구하기 위해 버스에 뛰어들고도 죽지 않는 결말을 썼기 때문입니다. 다시 말해, 소설의 엔딩을 수정했다는 이야기입니다. 처음으로 자신의 소설 속 주인공을 죽이지 않는 선택을 한 것이죠. 이유를 묻는 힐버트 박사에게 캐런은 이렇게 말합니다.

"이 책은 자기가 죽을 거라는 걸 모르는 남자가 죽는다는 내용이에요. 하지만 자신이 죽을 거라는 걸 안다면, 그걸 막을 수 있으면서도 죽음을 선택한다면… 그런 남자라면 살게 해주고 싶지 않겠어요?"

캐런은 마침표를 찍기 전, 이렇게 생각했을지도 모릅니다. 죽음 자체에는 의미가 없다고요. 소설 속 주인공의 선택은 결말로 나아가기 위함이 아니라 삶을 조금이라도 나은 방향으로 이끌기 위해 골몰하고 궁리하는 과정으로서 의미가 있다고요. 결과를 알더라도, 혹은 모르더라도 내가 기꺼이 책임지고 싶은 모습을 선택하는 것만이 좋은 선택이며, 그 과정을 보여주는 게 이 소설의 엔딩이라고요. 그러니 예고된 죽음을 알면서도 아이를 구하기를 선택한 해럴드에게 죽음이란 선택에 대한 결과가 아니라 해럴드가 책임지고 싶은 삶의 일부였을 겁니다. 그런 마음으로 마지막 아침을 맞이했을 거예요.

잠시 애나의 이야기를 해볼까요. 어느 날 해럴드가 애나에게 묻습니다. 언제 제빵사가 되겠다고 결심하셨나요? 애나는 대학에서였다고 대답합니다. 해럴드는 다시 물어요. 제빵 대학에서요?

> "사실 전 하버드 법대에 다녔어요. 중퇴했지만."
> "실례했습니다, 모르고…."
> "저는 간신히 턱걸이 입학을 했어요. 내 에세이가 좋았기 때문에 입학을 허락받은 거였죠. 학위를 따서 세상을 더 멋지게 만들겠다고 썼었거든요. 우리는 스터디 그룹을 만들었는데 종종 밤을 새우곤 했어요. 공부하다 배가 고플 것 같아 내가 빵을 만들었어요. 어떤 때는 기숙사 식당에서 오후 내내 빵을 구워 친구들에게 나눠주곤 했어

요. 친구들은 그걸 먹고 행복해하면서 열심히 공부해서 좋은 성적을 거두었어요. 우리 스터디 그룹은 사람이 점점 늘어났고 난 더 많은 과자를 만들게 됐죠. 더 맛있는 빵을 만들기 위해 연구를 계속했어요. 학기가 끝나 보니 스물일곱 명의 스터디 파트너와 요리법이 가득 적힌 여덟 권의 공책과 형편없는 성적표가 남았더라고요. 그래서 중퇴했어요. 난 쿠키를 만들 때 세상을 더 멋진 곳으로 만들 수 있음을 깨달았으니까요."

애나의 선택은 사회가 인정하는 성공과는 거리가 먼 것일 수 있지만, 잘못된 선택이라고 볼 수는 없지 않을까요? 해럴드는 쿠키를 즐기는 사람은 아니지만 애나의 쿠키는 거절하지 않아요. 하버드 법대에 들어갔어도 자신이 쿠키를 구울 때 세상을 더 멋지게 만들 수 있음을 알아채는 사람이 만든 쿠키라면 반드시 먹어보고 싶어지니까요.

나도 여전히 어리석은 선택을 합니다. 내가 한 선택 때문에 벌어지는 갖가지 문제를 수습하며 살아가고 있지요. 하지만 적어도 내가 책임지고 싶지 않은 모습은 알고 있습니다. 어리석은 선택의 축적으로 얻은 유일한 성과랄까요. 해럴드처럼 생사가 달린 선택이나 하버드 법대를 그만둘지 말지의 커다란 선택이 아니어도 자신이 책임지고 싶은 모습을 아는 건 선택의 기로에서 꽤 도움이 됩니다. 저는 쿠키를 선택하는 사람이고 싶어요. 세상에서 가장 달콤한 쿠키를 구우며 살아가고 싶어요. 이런 마음이라면 선택에 앞서 조금은 덜 두려워지지 않을까요?

내 선택을 책임지며 살아갈 수 있을까요?

스물셋, 생애 첫 자취를 하게 되었어요. 기쁨과 설렘보다는 두려움과 걱정이 더 앞서네요. 본격적으로 독립생활을 시작하게 되었지만 생각보다 사는 게 더욱 팍팍하다는 깨달음이 드는 요즘, 우울하고 착잡한 마음에 쉽게 잠이 들지 못하는 나날의 연속이에요. 아무래도 이제 온전히 스스로 책임져야 한다는 두려움에서 비롯된 것이겠죠. 새삼 그간 얼마나 온실 속에서 아무것도 모르고 자라왔는지 깨닫게 되네요.

가장 어려운 부분은 제가 무언가를 선택해야 한다는 사실인데요. 이미 정해진 거면 몰라도 새롭게 선택해야 한다는 건 참 힘든 일이에요. 이제껏 주어진 길을 따라 걸어오는 것에 익숙했으니까요. 독립 후 사소한 것 하나까지 스스로 선택해야 하는 입장이 되고 보니 완전한 백지에 내가 생각하는 그림을 그려 넣는 일은 생각보다 참 쉽지가 않네요.

남들이 그려내는 그림을 따라 그리는 게 편해 보이고, 자신이 원하는 그림으로 인생을 마음껏 채워 넣으라고 하면 어떻게 해야 할지 갈피를 잡지 못하겠어요. 제 마음은 아직도 고등학생 때 멈춰 있는 것 같아요.

그냥 어디론가 숨고 싶고, 사라지고 싶어요. 이런 마음이 들 때 어떻게 살아가시는지, 살아내셨는지 궁금해요.

— ㅣ

↳ PS.

'좋은 선택'에 대한 이야기를 반복했지만 우리의 일상이, 크게는 인생이 꼭 좋은 선택을 해야만 유의미한 건 아닙니다. 바람직한 선택은 분명 인생을 나은 방향으로 이끌겠지만, 순간의 충동적인 선택은 당장의 기쁨을 주거든요. 해결해야 할 숙제가 눈앞에 쌓여 있더라도 당장의 뒹굴뒹굴이 나를 더 행복하게 해주는 것처럼요. 그런 선택은 팍팍한 삶 속에서 나를 구해주기 위해 존재하는 하찮고 소중한 함정이랍니다.

가끔은 함정에도 빠지면서 관여도 참견도 없는 생애 첫 독립생활을 즐기시기를!

■ movie : 〈스트레인저 댄 픽션〉, 마르크 포르스터 감독, 2006.

ly until

End

난 내가 했던 일이 너무 좋고 지금도 되게 좋아.
계속하고 싶어. 걱정되는 건 하다가 잘못돼서
내가 좋아하는 걸 잃어버릴까 봐.

좋아하는 일로 먹고산다는 건

요요현상

여기 요요로 먹고살겠다는 다섯 명의 청년이 있습니다. 이 20대 중반의 청년들이 중학생 때부터 취미로 해오던 요요를 직업으로 삼아도 될지 물어온다면, 우리는 뭐라고 답해줄 수 있을까요? 아마 눈을 굴리며 되물을 겁니다. 요… 요요…? 그 장난감 요요 말하는 거 맞지? 하고요.

영화 〈요요현상〉은 '요요현상'이라는 요요 공연팀의 다섯 멤버, 대열, 현웅, 동훈, 동건, 종기가 요요로 먹고살기 위해 현실과 싸워나가는 과정을 담은 다큐멘터리입니다. '요요가 직업이 될 수 있을까?'에 대한 답변을 멤버 각자가 스스로 찾아나가는 과정이기도 하지요. 이들이 취미의 영역이라고만 생각했던 요요로 먹고살 궁리를 하게 된 건, 잘해도 너무 잘하기 때문입니다. 다섯 멤버의 얼굴 옆에 나열되는 챔피언 타이틀을 보면 고개가 절로 끄덕여집니다. 실력은 말할 것도 없고 즐겁기까지 한 요요가 이들의 천직이 아니라면 달리 무슨 일을 하며 살아가겠어요? 하지만 세상의 시선은 달랐습니다. 고민 끝에 팀 요요현상은 영국 에든버러 프린지 페스티벌을 끝으로 해체하기로 합니다.

감독: 직장 그만뒀어요?

대열: 응. 그만뒀어.

감독: 이제 뭐 할 계획인데요?

대열: 현웅이랑 공연팀 만들어서 연습한 지 이제 3일 됐어. 요요로 한번 먹고살아 보는 게 지금 현웅이랑 나의 목표지. 먹고살 수 있을까?

에든버러에서의 공연이 기대보다 좋았던 탓일까요? 한국으로 돌아온 대열과 현웅은 이대로 요요를 그만두기엔 아깝다는 생각이 듭니다. 10년을 해온 요요를 이렇게 포기할 순 없다고요. 하지만 동훈과 동건의 생각은 조금 다릅니다.

감독: 너는 한 번도 요요로 먹고산다거나 그런 생각한 적 없어?

동건: 응. 내 생각에 그건 챔피언 정도 되어야 가능한 것 같아. 내가 느끼는 거랑 형들이 느끼는 거랑 그 절실함이 다르니까. 그 형들은 진짜 탑 플레이어, 세계대회도 나가고. 지금까지 살아온 삶에서 제일 중요한 부분을 꼽자면 그게 아마 요요였을 사람들이니까.

동훈: 내가 생각했던 건 생업을 가지면서 남은 시간에 우리가 같이 공연을 계속해 나가는 모델이었던 것 같아. 근데 그게 아니게 된 거야. 이제 두 사람(대열, 현웅)만 공연을 하게 된 거지. 일도 의미가 있지만 사람의 삶이라는 게 되게 총체적이잖아. 커리어가 좋다고 해서 그 사람의 삶이 만족스러운 것도 아니고 나한테는 회사 밖에서의 삶이 요요 공연인데 그게 빠져버리니까….

요요를 취미로만 두고 싶지 않은 마음과 요요를 취미로 하고 싶은 마음의 크기를 비교할 순 없어도 책임의 무게는 다를 수밖에 없을 겁니다. 팀 요요현상은 대열과 현웅, 두 사람만이 이어가기로 합니다. 직장은 직장대로, 요요는 요요대로 지속하고 싶었던 동훈은 아쉬움이 남지만 두 친구의 선택을 존중하고 응원하면서, 동시에 현실적인 선택을 할 수밖에 없었던 자신의 상황을 탓하기도 합니다.

한편 막내 종기는 네 명의 형들과는 또 다른 선택을 하는데요. 요요 공연으로 생계를 이어나가는 것도, 완전히 다른 직장을 구하는 것도 아닌 비즈니스의 관점으로 요요에 접근합니다. 요요 플레이어에서 요요 비즈니스맨이 된 것이죠.

종기 : 요요는 장사가 안 돼요. 가게 운영이 어려우니까 애들한테 한 시간씩 레벨에 맞게 강습을 해주고, 돈을 받는 거죠. 시간당 만 원을 받고. 다행히 애들이 한 번 오면 최소한 네다섯 달은 계속 오더라고요. 그걸로 월세를 내는 거지. 주말에는 여기가 요요 강습을 하는 곳으로 인식이 되고 '송파구에 가면 윤종기라는 사람이 요요를 가르친다'가 자리 잡혀서 많이 유명해진 것 같아요. 요요로 할 수 있는 모든 걸 해서 엔터테인먼트 사업을 크게 만들자. 요요에 대한 가치는, 더 큰 사람이 되고 싶은 희망을 여기에 거는 것 같아요.

그렇게 3년이라는 시간이 흐릅니다. 요요를 좋아한다는 공통점으로 시작된 '요요현상'의 멤버들은 저마다의 선택 이후 어떤 모습으로 살아가고 있을까요?

대학원 졸업 후 기자가 된 동건은 요요는커녕 잠잘 시간도 부족합니다. 요요 비즈니스맨 종기는 직원 다섯 명을 보유한 사업체로 성장했습니다. 유튜브 채널도 성공적으로 운영 중이고, 요요 브랜드를 개발해 신제품을 출시하기도 했죠. 둘이서 공연을 이어나가던 대열과 현웅은 결국 팀을 해체하기로 합니다. 대열이 프랑스 유학을 결심했거든요. 하고 싶은 이야기를 더 잘 전달하기 위해서는 요요에 국한하지 않는 퍼포머가 되어야 한다고 생각했기 때문입니다. 현웅은 메인 오브제인 요요로 만족스러운 공연을 펼칠 수 있을 때까지 계속 시도해 보기로 합니다. 마지막으로 요요 공연에 미련이 남았던 직장인 동훈은 공연에 대한 미련을 대회에 출전하는 것으로 해소합니다. 그해 동훈은 한국내셔널요요콘테스트에서 2위를 차지합니다.

〈요요현상〉에는 좋아하는 일로 선택할 수 있는 거의 모든 갈래의 삶이 등장합니다. 요요를 추억으로만 간직하는 동건, 요요라는 취미로 자존감을 충족하는 동훈, 요요에서 더 넓은 퍼포머로의 꿈을 꾸게 된 대열과 요요를 사업으로 접근해 생계를 유지하는 종기. 그리고 자기만의 요요 공연을 이어가고 있는 현웅까지. 다섯 개의 삶을 따라가다 보면 당연한 결론에 도달하게 됩니다. 좋아하는 일 대신 현실적인 선택을 했다고 해서 삶이 각박하기만 한 것도, 좋아하는 일이 직업이 되었다고 해서 충만하기만 한 것도 아니라는 사실에요.

취미가 직업이 된 현웅은 고민을 토로하기도 합니다. 좋아하는 걸 일로 해서 그런지 감정 기복이 심해진 것 같다고요. 공연이 잘되면 날아갈 것 같다가도 뭔가 아니다 싶으면 아래로 곤두박질칩니다. 현웅에게 요요는 이제 생계 수단이며 일 자체이지 현실에서 도망칠 수 있는, 그저 즐겁기만 한 도피처가 아니기 때문이겠죠.

감독 : 공연하는 건 좋아?

현웅 : 너무 좋지. 난 내가 했던 일이 너무 좋고 지금도 되게 좋아. 계속하고 싶어. 걱정되는 건 하다가 잘못돼서 내가 좋아하는 걸 잃어버릴까 봐.

동훈 : 너무 오래 해왔고 너무 재밌게 해왔고 요요를 하면 내 자존감이 충족되는 부분이 많고 회사 생활에서 충족되지 않은 부분을 이거로 채워가는 것도 있고. 어쩌면 회사 들어가고 나서 요요를 더 열심히 재밌게 하는 것 같아. 회사에 안 들어갔으면 이렇게까지 했을까 하는 생각도 들어.

요요를 직업으로 선택한 현웅도, 요요를 취미로만 남겨둔 동훈도 자신의 선택을 후회하는 순간이 없지는 않았을 겁니다. 그럼에도 선택하길 잘했다 위로받는 순간도 있을 거고요. 다만 두 사람은 살아보고 싶었던 삶과 살아내고 있는 삶 사이에서 타협점을 찾아가며, 평행 우주 같은 서로의 삶을 엿볼 수 있을 거예요.

다섯 요요청년이 취미를, 좋아하는 일을 직업으로 삼아도 될지 물어온다면 나는 이렇게 답할 것 같아요. 직업으로 삼는 건 문제없지만 그 직업으로 먹고살 수 있을지 없을지는 모르는 일이라고요. '생계를 유지할 수 없는 직업을 직업으로 볼 수 있는가'는 내게도 피해 갈 수 없는 난제인데요. 아이러니하게도 작가란 글쓰기만으로는 먹고살기 힘든 직업이기 때문입니다. 베스트셀러 작가라면 모를까, 간신히 중쇄를 소진하는 정도의 인지도가 전부인 내게는 생계유지가 늘 숙제입니다. 전업 작가로서의 삶을 선택한 이상 '좋아서'라는 이유만으로는 이 일을 오래 지속하기 힘들거든요.

좋아하는 일이 직업이 되면 수익으로 얻는 만족은 포기할 수 있을 것 같지만, 바로 그 이유 때문에 그만둘지 말지를 고민하는 시기가 분명 찾아옵니다. 좋아하는 일로도 실패할 수 있다는 걸 고려해 본 적 없는 사람일수록 그 시기는 더욱 견디기 끔찍할 겁니다. 그러니까 좋아하는 일로 먹고살겠다는 건, 이런 각오가 필요하다는 이야기입니다.

자, 각오가 되셨나요?

좋아하는 일을 직업으로 삼아도 될까요?

스물일곱, '내 인생에 내가 없다'는 걸 처음 알았습니다.
아주 어렸을 때부터 국어에 관련된 학과를 가서 교수가 되겠다는 목표를 세우고, 열심히 공부해서 국어교육과에 들어왔습니다. 대학에서도 최선을 다했고 우수한 성적으로 조기 졸업까지 성공했습니다. 이제 교수가 되기 위해 대학원 생활을 잘하면 되겠다 싶었으나 인생에 처음으로 브레이크가 걸린 느낌입니다.
사실 언젠가부터 느끼고 있었습니다. 제가 국어를 별로 좋아하지 않는다는 것을요. 하지만 오래전 세워둔 목표 때문에 '넌 국어를 좋아해야 돼' 라고 몰아세웠고, 미련스럽게도 다른 길을 찾아볼 생각도 하지 않았습니다. 갑자기 전혀 생각도 안 해본 인생의 다른 길을 모색한다는 게 실현 가능성이 있는 것인지 모르겠습니다. 그냥 지금까지 별로 좋아하지 않는 공부임에도 최면을 걸면서 해왔던 것처럼 앞으로도 그렇게 살 수도 있겠지만, 이제 그렇게 살고 싶지는 않아졌습니다.
처음으로 내가 내 인생을 이끌고 가고 있다는 감각을 잃어버리고 말았습니다. 나는 해야 될 것만 하고 살았지, 내가 무엇을 좋아하고 무엇에서 의미를 찾는지에 대한 생각은 해보지 않았다는 사실이 후회도 됩니다.
생각해 보면 제가 진정 좋아하는 것은 '영화'입니다. 영화가 보여주는 삶을 만끽하는 재미, 감독과 각본가마다 삶의 의미를 어떤 식으로 풀어가는지를 비교하며 보는 재미, 내가 그 영화를 볼 때 어떤 감정의 맥동과 생각의 파동이 일어나는지 감지하는 재미가 있습니다. 5년간 쌓아온 영화 리뷰는 제가 가장 자랑스럽게 여기는 삶의 소중한 자산입니다.
좋아하는 것이 꼭 직업으로 연결될 필요는 없겠지요. 하지만 제가 학과 공부를 할 때 이 정도의 열정을 쏟고 행복을 느꼈는지 돌아보면, 그건 아니라는 생각이 듭니다. 살면서 자기가 좋아하는 걸 할 때 행복할 것이라는 신념이 있었고, 실제로 좋아하는 뭔가를 오랫동안 키워왔음에도 그걸 제가 외면했다는 사실이 굉장히 뼈아픕니다. 지금이라도 내가 좋아하는 것을 일로 삼을 수 있을까? 여태껏 생각하지 않았던 길인데 두려움을 이겨내고 갈 수 있을까? 많은 생각이 듭니다.

— H

↳ PS.

현실적으로 냉정한 말만 늘어놓았지만, 좋아하는 일을 직업으로 삼고 있는 저 자체가 대답이 되길 바라면서 편지를 썼습니다. 저는 늘 통장 잔고와 싸우면서도 이 일을 그만둘지 말지는 고민하지 않아요. 글을 쓰는 내 모습이, 작가로 살아가는 내 모습이 마음에 들거든요. 좋아하는 일을 직업으로 삼으라고 자신 있게 말하고 싶지만 여전히 풀어야 할 현실적인 숙제가 많은 저는, 어쩌면 H 님이 듣고 싶었을 말을 짐 캐리의 대학 졸업식 연설로 대신하려 합니다.

"나의 아버지는 코미디언을 꿈꿨지만 그게 가능할 거라고 믿지 않았습니다. 그래서 아버지는 코미디언 대신 회계사라는 안정적인 직업을 고르셨어요. 그리고 제가 열두 살이었을 때 아버지는 그 안정적인 직장에서 해고되었습니다. 이후 우리 가족은 살아남기 위해 할 수 있는 건 무슨 일이든 해야 했어요. 저는 아버지로부터 아주 많은 교훈을 얻었습니다. 그중 가장 중요한 건 원치 않는 일을 하면서도 실패할 수 있다는 것이었죠. 그러니 여러분은 자신이 좋아하는 일을 하세요."

■ movie : 〈요요현상〉, 고두현 감독, 2021.

당연한 걸 당연하게 여길 수 있는 건 뒤에서
묵묵히 지켜주는 사람들이 있기 때문이야.

나의 일에 붙일 형용사는

수수하지만 굉장해! 교열걸 코노 에츠코

역대 최연소로 문예신인상을 수상한 일본 문학계의 기대주, 소설가 코레나가 코레유키가 《도쿄 B-SIDE》라는 논픽션을 출간해 화제가 되고 있습니다. 《도쿄 B-SIDE》는 공원 관리, 전철 선로·다리·전기 점검 등 너무나 당연해서 존재하는지조차 몰랐던 일을 하는 직업인들의 이야기를 담은 책인데요. 논픽션의 묘미인 사실적인 재미와 소설가 특유의 시선을 통해 일하는 사람들을 생동감 있게 그려내 읽을 가치가 충분한 완성도 높은 책으로 호평을 받고 있습니다. 작가는 에필로그에 소설이 아닌 논픽션을 쓰게 된 계기를 이렇게 밝힙니다. 어떤 여성과의 우연한 만남이 계기가 되었다고요. 그녀의 이름은 코노 에츠코. 직업은 출판사의 교열자입니다. 교열이란 인쇄 전에 원고에 오탈자가 없는지, 내용에 모순과 오류가 없는지를 체크하는 일인데요. 눈에 띄는 일은 아니지만 책을 내기 위해선 반드시 필요한 작업입니다. 코노 에츠코에겐 오랫동안 꿈꿔온 일이 있었다고 해요. 교열과는 거리가 먼 화려하고 튀는 패션잡지의 편집자였지요. 이게 다 무슨 이야기냐고요? 일본 드라마 〈수수하지만 굉장해! 교열걸 코노 에츠코〉의 이야기랍니다.

"면접 때 패션잡지 《랏시》의 편집자가 되고 싶다고 말씀드렸잖아요. 그런데 왜 교열부죠?"
"업무 능력을 인정받으면 희망 부서로 옮길 수 있어요. 미래로 열린 문은 하나뿐이 아닙니다. 우선 우리 부서에서 일해보지 않겠어요?"

7년의 면접 끝에 마침내 원하는 출판사에 합격한 코노 에츠코. 하지만 다음 날 출근해 보니 그녀가 배정된 부서는 패션지 《랏시》의 편집부가 아닌 지하 1층에 자리한 교열부입니다. 고등학생 때부터 바라던 화려하고 세련된 패션지의 세계가 아닌 수수하기 그지없는 교열부라니. 에츠코는 이왕 이렇게 된 거 오기로라도 반년, 아니 석 달 만에 능력을 인정받아 편집부로 이동하겠다고 마음먹습니다.

"하루빨리 인정받고 싶어요. 대작가 선생님의 교열을 완벽하게 마치면 패션지 편집부로 옮길 수 있는 거죠?"

그런데 교열이라는 게 생각보다 귀찮은 것투성입니다. 오탈자 체크 외에도 반복되는 표기가 통일되어 있는지, 내용에 모순은 없는지, 틀린 정보는 없는지 사실 확인도 해야 합니다. 소설 속 주인공의 동선을 파악하기 위해 집 모형을 만들어보기도 하고, 배경이나 지명 확인을 위해 직접 답사를 나가는 교열자도 있지요. 그럼에도 전체적인 흐름이나 내용에는 간섭하지 않는 것이 교열의 기본이라서 교열부가 존재하는지 모르는 사람이 대다수입니다. 하지만 우리의 코노 에츠코는 편집 능력이 있다는 걸 어필해야 했기에 내용에 관여하거나 작가를 만나 아이디어를 건네기도 합니다. 교열 단계에서 쪽수가 크게 변경되면서 디자인 비용이 추가되는 일도 벌어지지만, 에츠코는 편집자라도 된 것처럼 의욕이 넘칩니다. 교열이란 앞이 아니라 뒤에서 도와주는 일이라는 동료의 말에도 입을 삐죽이기만 할 뿐입니다.

그러다 결국 사고가 터지고 맙니다. 계획에도 없던 부록을 추가하면서 마감 일정에 급하게 맞추다 보니 표지의 오탈자를 발견하지 못한 것이죠. 출간일을 늦출 수 없는 큰 이벤트가 잡혀 있어서 재인쇄도 불가능한 상황. 결국 교열부는 초판 5000부에 정정 스티커를 붙이기로 합니다.

"교열자 이름이 드러나는 경우는 거의 없지만 개인의 실수는 교열부 전체의 실수가 되고 나아가선 출판사의 평가까지 좌우하게 돼요. 그 사실을 명심하세요."

동료 교열자들의 도움으로 무사히 스티커 작업을 마친 에츠코는 땡스투에 자신의 이름을 넣겠다는 작가의 제안을 거절합니다. 겉으로 드러나지 않는 게 다행인 일, 존재감이 없어야 무탈한 일이 있다는 것, 그게 교열이라는 걸 조금 이해하게 되었거든요. 이와는 별개로 반짝이는 사람들과 화려한 세계에서 일하고 싶었던 에츠코는 문득문득 존재감 없는 교열부에서 일하는 자신이 초라하게 느껴집니다. 심지어 동경하던《랏시》편집부에조차 무시를 당하고 나니 자신의 일이 보잘것없는 것 같아 허무해집니다.

하지만 그런 에츠코를 보고 변화한 사람도 있습니다. 소설가 코레나가 코레유키입니다. 두 사람은 소설가와 교열자로 만난 사이인데요. 독자들에게 반응이 좋을 만한 소재를 찾아 소설을 쓰던 코레나가는 누가 알아주든 알아주지 않든 오류를 잡아내기 위해 최선을 다하는 에츠코를 보며 변화해 나갑니다. 눈에 띄지 않는 일도 묵묵히 해나가는 사람에게 관심이 가기 시작한 것이죠.

"저쪽에 공원 보이지? 낮에 애들이 많이 노는 곳인데 저 공원이 생기고 지금까지 놀이기구 사고로 아이들이 다친 적이 한 번도 없대. 당연한 소리 같지만 놀이기구를 안전하게 이용할 수 있는 건 아이들이 없을 때 이렇게 점검하는 사람이 있어서래. 놀이기구가 녹슬어서 균열이 생기진 않았는지 부식되진 않았는지 확인해서 아이들의 안전을 지키는 거지. 전철도 마찬가지야. 매일 어딘가의 선로에서 침목이나 자갈을 교환해. 그분들 덕에 전철이 안전하게 달리는 거야. 저 다리도 마찬가지야. 혹시라도 볼트가 헐거워져서 다리가 무너지면 큰일이니까 정기적으로 점검한대. 하지만 우린 거의 못 느끼잖아. 놀이기구도 다리나 선로나 전선도 우리가 모르는 사이에 점검해주니까. 그래서 온 도시에 전기가 들어오고 전철을 탈 수 있고 다리를 건널 수 있어. 전부 당연시하는 일이라서 일일이 기뻐하지도 않고 누가 점검하는지 신경도 안 써. 하지만 전부 대단한 일 아니야? 당연한 걸 당연하게 여길 수 있는 건 뒤에서 묵묵히 지켜주는 사람들이 있기 때문이야."

"맞아. 왜 그렇게 당연한 걸 잊고 살았을까?"

"그래도 괜찮아. 점검해 주는 사람들의 존재를 인식하지 못할 만큼 당연하게 일하는 것. 그게 당연한 일을 하는 사람들이 바라는 목표일 거야."

소설가 코레나가 코레유키의 논픽션 《도쿄 B-SIDE》는 그렇게 탄생하게 됩니다. 빛이 안 드는 데서 일하지만 빛나는 일, 누군가는 존재하는지도 몰랐던 일, 모두가 당연시하지만 없으면 안 되는 일. 교열에서 시작된 관심이 여기까지 확장된 것이죠.

지금 하는 일이 마음에 들지 않을 수 있습니다. 다른 일을 꿈꿀 수도 있고요. 하지만 내 일보다 대단한 일은 따로 있다는 생각, 대단한 일에 비해 내가 하는 일이 별거 아니라는 생각은 무력감만 불러올 뿐입니다. 에츠코는 교열에 누구보다 열심이면서도 여전히 《랏시》 편집부로의 이동을 꿈꿉니다. 에츠코가 눈앞에 주어진 일을 최선으로 해내는 사람이기 때문에 꿈에도 전력을 다할 수 있는 걸지도 모르겠어요. 그러기 위해서는 먼저 자신이 하는 일을 좋아해 볼 마음의 준비가 필요합니다.

에츠코가 교열에 마음을 열게 된 건 처음 교열을 맡은 책의 작가가 해준 '수수하지만 굉장해요'라는 서명 덕분입니다. '수수하지만'에는 '아주'나 '매우'까지는 아니지만 긍정적인 의미로서 '생각보다' 혹은 '나중에 서서히 느껴진다'는 뉘앙스가 있거든요. 교열이라는 일이 놀라울 만큼 굉장하지는 않지만, 생각보다는 굉장한 일이라는 걸 서서히 알게 된 에츠코에겐 꽤나 마음에 드는 칭찬입니다.

내 직업에는 어떤 표현이 어울릴지 고민해 보았습니다. 작가라는 이 일에는 수수하지만 어떤 매력이 있는지, '수수하지만' 뒤에 올 형용사를 떠올려보았습니다. 수수하지만 지혜로워! 어리석은 문장을 쓸 때도 많으니 탈락. 수수하지만 정직해! 작가란 기본적으로 거짓말쟁이이니 이것도 탈락. 수수하지만 돈 많이 벌어! 내겐 불가능한 문장이니 탈락. 형용사 사전을 펴놓고 한참을 고르다가 한 단어 앞에 멈추었습니다.

꾸준하다.

아, 작가라는 직업은 수수하지만 꾸준한 일이구나. 생각하니 이 일이 더 좋아졌습니다.

평범한 일을 하는 내가 초라해 보여요

어릴 땐 꿈도 많고 욕심도 있고, 커서 뭔가 대단한 걸 이루겠다는 포부가 있었는데 어느새 평범한 직장인이 되어 매일 똑같은 하루를 보내고 있어요.
다른 사람들은 일상 속에서 행복을 찾고 일이 아닌 다른 곳에서 자아실현을 하라고 하지만, 저는 아직도 뭔가 대단한 일을 하고 싶다는 생각이 듭니다. 하지만 현실적으로 불가능한 제약들이 있고, 훌쩍 도전을 해버리기엔 자신도 용기도 없는 상태예요. 앞으로 나아가고 있는 건지, 어디로 가야 하는지도 모르겠는데 저 멀리 높은 산만 바라보며 부러워하고 있는 것 같아요.
어떻게 하면 현실에서도 만족하며 살고, 또 그 이상으로 제 삶이 잘 나아가고 있다고 생각할 수 있을까요?

— A

↳ PS.

A 님의 일은 어떤 일인가요? 다른 일에 비해 수수할 수 있지만 내 직업에만 있는 긍정적인 뉘앙스를 찾아보세요. A 님의 수수하지만 ○○한 일이 궁금합니다.

■ drama: 〈수수하지만 굉장해! 교열걸 코노 에츠코〉, 사토 토야 · 코무로 나오코 연출, 2016.

저도 제 나름대로 열심히 하고 있어요.

내겐 너무 애매한 재능

4등

4등. 나는 늘 4등이었습니다. 5등, 6등인 적은 있었어도 어떤 종목이든 순위권 안에 든 적은 거의 없었죠. 순위가 정해져 있지 않은 분야에서는 스스로를 4등이라고 생각했습니다. 애매했거든요. 외국어 실력도, 창의력도, 개성도, 취향도, 외모도, 성격도. 나보다 나은 애들이 세 명은 무조건 있었으니 알아서 자리를 비켜줘야 했지요. 글도 마찬가지였습니다. 책을 좋아하긴 했지만 반 대표로 글짓기 대회에 나가는 애들에 비하면 애매했고, 학원 선생님한테 걸려서 두들겨 맞을 정도로 만화책을 달고 살았지만 만화 동아리 애들에 비하면 애매했고, 스토리텔링을 전공했지만 영화과랑

문창과에 비하면 애매했습니다. 그걸 내가 얼마나 좋아하는지와는 무관하게 직업으로 삼기에 나의 재능은 너무 애매해 보였습니다. 작가가 되거나 감독이 되는 사람은 따로 있다고 생각했습니다. 1등, 2등, 3등이면 몰라도 나 같은 4등이 작가가 될 수 있나?

"준호 너 바보야? 어? 야, 4등! 너 때문에 죽겠다 진짜! 너 뭐가 되려 그래. 너 꾸리꾸리하게 살 거야, 인생을? 준호야. 너 엄마 싫지, 그치? 네가 진짜 싫어하는 엄마가 뒤에서 막 쫓아온다고 생각하고 수영하란 말이야. 그럼 초가 준다고 엄마가 몇 번 말해?!"
"저도 제 나름대로 열심히 하고 있어요."

초등부 수영 선수 준호는 만년 4등입니다. 순위권 바로 아래에 있지만 기록도, 과정도 아무 의미 없는 4등. 소질이 아예 없는 것 같진 않은데 무슨 이유에선지 대회만 나가면 4등만 하는 탓에 준호 엄마는 애가 탑니다. 엄마 속을 아는지 모르는지 준호는 그저 친구들이랑 웃고 떠드는 게 좋은 초등학생일 뿐입니다. 순위권에 대한 집착을 버리지 못하던 준호 엄마는 무조건 메달을 따게 해준다는 전 국가대표 출신 김광수 코치를 소개받습니다.

"내는 단순하고 확실한 사람입니다. 메달은 딸 깁니다. 대학도 골라서 가고요. 그러니까 제 훈련 방식에 대해서는 뭐라고 한마디도 하시면 안 됩니다. 무슨 일이 있어도. 부모가 아들 일에 나서면 운동 효과가 없어요. 수영장에 절대 들어오지 마세요."

그렇게 시작된 김광수 코치와의 새벽 훈련. 혹독한 훈련의 영향인지 한 달 뒤 200미터 자유형 시합에서 준호는 은메달을 목에 겁니다. 1등은 놓쳤지만 엄마 말대로 '거의 1등'을 축하하기 위해 준호의 가족은 불고기 파티를 여는데요. 즐거웠던 분위기는 준호의 동생 기호의 한마디로 얼어붙어 버립니다.

"정말 맞고 하니까 잘한 거야? 예전에는 안 맞아서 맨날 4등 했던 거야, 형?"

코치가 훈련에 부모를 동행하지 못하게 한 건 체벌 때문이었습니다. 코치는 집중하지 못한다는 이유로, 시키는 대로 하지 않았다는 이유로, 간절함이나 승부욕이 없다는 이유로 준호의 엉덩이를 걷어찹니다. 강한 채찍질이 선수의 기록을 줄여줄 거라고 믿으면서 말이죠. 준호가 맞는 것보다 4등을 하는 게 더 무서웠던 엄마는 이 사실을 다 알면서도 모른 척해왔던 거고요. 아이 몸의 상처는 메달로 가릴 수 있다고 최면을 걸면서요. 정작 수영을 하는 장본인인 준호의 마음은 어땠을까요? 준호는 수영을 그만두기로 합니다. 2등을 한 건 기쁘지만, 1등을 하고 싶지 않은 건 아니지만, 맞으면서까지 수영을 하고 싶지는 않거든요.

문제는 엄마입니다. 엄마는 준호가 수영을 그만둔다는 사실을 받아들일 수 없습니다. 준호 혼자서 수영을 해왔다고 생각하지 않거든요. 준호의 수영은 준호만의 꿈이 아니라 엄마의 꿈이며, 준호의 메달은 엄마의 메달이기도 합니다. 억울한 마음에 코치를 붙잡고 하소연하는 엄마에게 코치는 말합니다. "니 없으면 (메달) 딴다."

수영을 그만둔 준호의 일상은 또래 친구들처럼 평범하게 흘러갑니다. 새벽에 일어날 필요도 없고 수업이 끝나면 친구들이랑 놀다가 집으로 돌아오는 초등학생의 하루. 그런데 이상하게도 수영을 다닐 때는 그렇게나 하고 싶던 게임이 재미가 없습니다. 활력이 사라진 기분이랄까요. 자려고만 누우면 감은 눈 위로 수영장 물빛이 일렁입니다. 고민하던 준호는 혼자서 수영장으로 향합니다. 자신이 가장 좋아하는 방식의 수영을 하기 위해서요. 순위도 없고 메달도 없는 온전한 수영. 잡힐 듯 잡히지 않는 빛을 좇아 수영장을 유영하는 준호의 모습을 보고 있으면 등수는 아무래도 상관이 없어집니다. 그냥 이대로 순위에 연연하지 않고, 즐겁게 수영할 수는 없는 걸까요?

애매한 실력을 갖춘 내가 어떻게 작가가 되었는지 생각해 본 적이 있는데요. 계속해 왔기 때문인 것 같더라고요. 계속할 수 있었던 건 내가 그걸 좋아했기 때문이고요. 공모전에서 떨어져도, 직업이 여러 번 바뀌어도 영화와 글을 싫어하게 되지는 않았습니다. 재능에 대한 확신은 없었지만 내가 이걸 계속 좋아하리라는 건 확실히 알고 있었지요. 결과적으로 가장 오래 한 일이 가장 잘하는 일이 되어버렸고, 약간의 운이 따라 직업으로 이어진 셈입니다.

주인공이 실력의 한계를 뛰어넘어 꿈을 이루는 영화 같은 일은 저의 현실에는 없었습니다. 직업이란 건 조금도 극적이지 않게 찾아오는 법이니까요. 매일 쓰던 글처럼 시간이 쌓여서 작가가 된 것이지 길거리 캐스팅을 당하듯 누군가의 눈에 띄어 데뷔를 하거나, 있는지도 몰랐던 잠재력이 폭발해 작가가 된 게 아니었습니다. 서른 살에 첫 책을 내기까지 좋아하는 마음만으로 글을 써 내려간 시간이 없었다면 아마 내 인생에 작가가 될 일은 없었을 거예요.

남다른 재능이 없는 4등이, 꿈이든 직업이든 원하는 일을 하기 위해서는 향상심(더 높아지거나 나아지고자 하는 마음)도 필요하지만 항상심(한결같은 마음)이 더 중요했던 걸지도 모르겠습니다.

수영을 계속하고 싶은 준호는 다시 코치를 찾아갑니다. 1등을 해야겠다고. 그래야 수영을 계속할 수 있다고. 코치는 말해요. "니 혼자 해봐라. 금메달 딴 데이." 코치의 말대로 자신을 다그치고 재촉하고 채찍질하는 존재 없이도 준호는 금메달을 따냅니다. 당장 1, 2초를 줄여주는 강도 높은 훈련에 비하면 1등이 되기까지 더 오랜 시간이 걸렸을지도 모르지만, 승부욕이 강한 친구들에게 역전을 당하게 될 수도 있겠지만, 그래도 준호가 수영을 그만둘 일은 없어 보입니다. 좋아하는 일은 수명이 길거든요.

나는 여전히 글 쓰는 일을 좋아합니다. 마감 기간에는 스스로를 다그치기도 하고 훈련하듯이 치열하게 글을 쓰지만 마감을 지키는 것도, 마감이 있다는 사실도 기쁩니다. 그리고 지금은 확신도 듭니다. 이 일을 계속할 수 있다는 확신이요. 근거는 예전과 같습니다. 내가 이 일을 좋아한다는 사실입니다.

내가 할 수 있을까, 자꾸 의심이 듭니다

영상번역가가 꿈인 학생입니다. 저는 영화나 드라마를 보며 나였다면 어떻게 번역했을까? 이건 어떻게 번역해야 하지? 같은 고민을 하곤 합니다.

그런데 제가 번역가라는 직업을 가질 수 있을지 저 자신한테 의심이 듭니다. 영어를 좋아하지만 특출나게 잘하지 못하거든요. 시험을 치면 늘 결과에 실망합니다. 점수로 다른 친구들과 비교하게 됩니다. 저 친구는 이만큼이나 하는데 저만큼도 못 하는 내가 번역가를 꿈꿔도 되나? 이런 생각이 자꾸 저를 괴롭힙니다. 학교 영어 선생님께서 장래 희망을 물어봐도 선뜻 답하지 못했습니다. 목표를 이룰 가능성이 낮다는 말을 들을 것만 같았기 때문입니다.

최근엔 너무 힘들어서 다른 길을 고민하기도 했습니다. 잠시였지만 꿈 없이 살아갔던 며칠이 더 힘들었어요. 제 꿈을 꼭 이루고 싶은데, 그걸 스스로 방해하는 것 같아 속상합니다. 저에 대한 자신감과 확신을 가지고 싶습니다.

— P

↳ PS.

제멋대로 정한 이 이야기의 주제는 '4등도 된다!(시간이 걸리겠지만)'입니다. 그러기 위해서 필요한 건 확신이나 자신감보다는 지난한 과정에서도 지치지 않고 훼손되지 않는 마음이라고 생각합니다. 준호가 다시 수영장으로 돌아갈 수 있었던 것도, 그래서 결국 금메달을 차지할 수 있었던 것도 수영에 대한 질리지 않는 마음 때문이었으니까요.

실력에 대한 확신은 스스로가 아니라 시간이 만들어주는 것 같아요. 작가 활동을 시작한 지 7년이 되어서야 저 자신에 대한 확신이 들었거든요. 7년이나 이 일을 해올 수 있었다는 건 내게 실력이 있다는 것이겠지, 하면서요. 무엇이 되기 전까지 중요한 건 확신이 아니라 그것이 좌절되어도 계속 좋아할 수 있는가입니다. 그럴 수 있다면 당장의 점수가 어떻든 킵고잉 해봐도 좋지 않을까요.

■ movie: 〈4등〉, 정지우 감독, 2016.

진정한 모습 숨기기는 그만. 네 비전에 스스로 투자해.
네 공허를 스스로 채워. 네 목소리를 찾는 거야.

마흔에 지망생

위 아 40

나이 이야기로 시작하고 싶지 않지만… 저는 곧 마흔이 됩니다. 20대의 미화리는 30대가 되기만을 바랐는데 40대를 바라보는 30대 후반의 미화리는 걱정뿐입니다. 40대가 되어서도 내 자리를 지킬 수 있을까? 새로운 일을 시작할 체력이 있을까? 그 결과가 실패여도 괜찮다고 말할 수 있을까? 더 솔직하게 말하면 40대의 내 모습이 전혀 기대되지 않습니다. 지금이랑 크게 다르지 않을 것 같거든요. 이렇게만(정성으로 운영하는 공간이 있고, 지면이 꾸준히 주어지는 삶) 살고 싶다가도 이대로만(공간과 지면이 돈이 되지 않는 삶) 살까 봐 겁이 납니다. 어느 작가는 50대가 기다려질 정도로 40대가 좋다던데… 그건 좀 거짓말 아닌가? 믿을 수 없어진 나는 이제 막 40대가 된 친구에게 물었습니다. 마흔이 되니 어때?

"생각보다 암시롱 안 해. 나 서른 됐을 때도 스물아홉 살까지 생난리를 치다가 서른 되니까 암시롱도 안 했거든. 심지어 좋더라고. 서른 됐으니까 서른 될 걱정 안 해도 되는 게. '서른은 진짜 좋다. 마흔이 문제지' 싶었거든. 근데 또 마흔 되니까 '마흔은 좋다. 쉰이 문제다. 50까지 이 모양 이 꼴로 살 순 없다' 싶어. 그거에 비하면 40대는 꿀이지."

40대가 꿀이라고? 서른아홉의 마지막 날 서해에서 일몰을 바라보며 '저 지는 해가 나의 30대다!'라고 외친 애한테서 나온 말이라고 생각하니 괜한 배신감이 듭니다. 안 되겠어서 내 마음을 이해해 줄 또 다른 친구를 소환해 냅니다. 마흔 살을 코앞에 둔 극작가 라다 블랭크입니다.

'스포트라이트에서 선정한 30세 이하 30인 극작가상'을 받았을 때만 해도 라다 블랭크는 자신이 이런 마흔 살이 되어 있을 거라고는 예상하지 못했을 겁니다. 성공한 예술가는커녕 작품 하나 올리기도 힘든 한물간 극작가가 되어 있을 줄은요. 마지막으로 연극을 올린 게 2010년이니 커리어가 10년 전에 머물러 있는 셈입니다. 고등학교에서 기간제 교사로 일하며 근근이 작품을 써 내려가던 라다는 자신의 심기를 건드리는 프로듀서의 멱살을 잡는 바람에 쉽(지만 더럽)게 공연을 올릴 기회마저도 날려버리고 맙니다.

"난 예술가가 되고 싶을 뿐인데⋯."

자신의 신세를 한탄하며 방구석에서 눈물을 흘리던 라다 블랭크의 귓가에 계시 같은 비트가 들려옵니다. 정신이 번쩍 든 라다는 종이에 뭔가를 급하게 적어 내려갑니다. 나 내 인생을, 내 이야기를 랩으로 쓸 거야!

"믹스테이프 만들려고. 마흔 살 여자 이야기. 내가 고등학교 시절에 어디서 시간 제일 많이 보냈지?"
"후회라는 친구랑 보냈잖아."
"아니, 식당에서 보냈어. 밤낮으로 비트에 맞춰서 랩하면서 보냈다니까. 내 연습장은 랩 가사로 가득했어. 너도 내 도전자들한테 돈 받았잖아. 내가 그때 랩으로 학교를 휘어잡았으니까."

그건 고등학생 때고 지금 우리는 마흔이라고 말하는 친구를 뒤로하고, '라다머스 프라임'이라는 랩네임까지 만든 라다는 쩌는 비트를 만든다는 프로듀서 D를 찾아갑니다. 담

배 냄새 자욱한 D의 작업실에서 허세 가득한 가사를 내뱉는 어린 래퍼들 사이에 어색하게 앉아 있던 라다는 쭈뼛거리다 마이크 앞에 섭니다. 그러고는 흑인 빈곤 포르노를 부추기던 백인 연출가와의 갈등을 담은 이야기를 랩으로 쏟아내는데요. 가사의 진정성뿐 아니라, 얼마나 기가 막힌 실력인지 자신은 비트만 만들 뿐 랩에는 관여하지 않는다던 D가 라다머스 프라임에게 공연을 제안할 정도였죠. 그러나 공연을 시원하게 말아먹은 라다는 잔뜩 주눅 든 채로 원래의 자리인 연극으로 돌아가려 합니다.

"난 래퍼가 아니야. 극작가지."

D의 연락도 무시한 채 백인 연출가의 입맛에 맞게 자신의 극본을 고쳐나가는 라다는 욱하는 감정이 들 때마다 속으로 되뇝니다. 정신 차려. 넌 마흔이야. 연출가가 흑인 연극에 자꾸 백인을 등장시키려고 할 때에도, 백인이 생각하는 편견 가득한 흑인을 그려낼 때에도 라다는 입을 꾹 다물고 할 말을 내뱉지 못합니다. 자신의 극본이 망가져 가는 장면을 실시간으로 지켜보던 라다 앞에 D가 찾아와 말합니다. 믹스테이프를 만들자고요.

"현실적으로 생각할 필요가 있어요. 난 3개월 뒤면 마흔 살이라고요. 그러니까 똑바로 살아야죠."

라다는 결국 극장에 남기를 선택하고, 그렇게 다가온 초연 당일. 흑인보다 백인이 더 감동하는 연극을 만들어낸 라다는 연극이 끝날 때까지 화장실에 숨어 있다가 커튼콜이 되어서야 겨우 무대에 올라 감상을 전합니다. 극작가라면 모두가 꿈꿔왔을 이 순간이 얼마나 감사하고… 수치스러운지를요. 이딴 쓰레기 같은 작품은 쓰고 싶지 않았다며 벙찐 관객들에게 펀치를 날립니다. 정적이 흐르는 무대 위에서 라다는 변신합니다. 극작가 라다 블랭크에서 래퍼 라다머스 프라임으로요. 옵티머스 프라임처럼 팔과 다리를 늘리고 움츠렸던 가슴을 펴고 고개를 들어 올립니다.

'너무 겁이 났어. 내가 내린 선택, 저지른 실수 모두 무서웠어. 빈털터리가 될 것 같았어. 나는 삶에 질식하고 겨우 이런 돈에 신념을 파는 데 질렸고. 하지만 이젠 다른 선택을 내렸어. FYOV(Find Your Own Voice) 네 목소리를 찾아. 당연히 마흔 살 버전이지. FYOV. 거짓말 늘어놓기는 내 천성에 안 맞아. 진정한 모습 숨기기는 그만. 네 비전에 스스로 투자해. 네 공허를 스스로 채워. 네 목소리를 찾는 거야. 마흔 살 버전. 그게 나야. 여기까지.'

멋지게 마이크 드롭을 시전한 뒤 극장을 벗어난 라다머스 프라임은 그대로 믹스테이프를 만들기 위해 D의 작업실로 향합니다.

이것으로 라다는 기대하던 40대의 삶과 더 멀어진 듯 보입니다. 그럼에도 라다의 40대가 나의 40대보다 기대되는 이유는 뭘까요? 연극 관계자들 앞에서 마이크를 집어 던지고 나왔으니 이제 극작가로 성공하긴 그른 것 같은데, 무대에 올릴 연극을 수정할 때보다 짜릿해 보이는 이유는 뭘까요? 그건 아마 뒤늦게 생긴 '꿈' 때문일 겁니다. 음… 잠깐… 꿈은 너무 멀고 거창한 말 같으니 이 단어로 바꿔볼게요. 내겐 없고 라다에겐 있는 것. 그건 마흔 살에도 새롭게 '지망'하는 일이 있다는 거였습니다. 지망생이란 오늘 좌절되어도 내일을 기대할 수 있는 존재이니 마흔 살이 되어도 여전히 내가 나의 내일을 기대할 수 있다면, 그게 마흔 살 버전의 라다가 뒤돌아보지 않고 작업실로 뛰어갈 수 있었던 힘이겠지요.

그러고 보니 나와 아주 가까운 곳에도 지망생이 한 명 있습니다. 고개만 살짝 돌리면 바로 보이는 곳에 앉아 있는 나의 동료 혜은입니다. 혜은은 작은 것에도 감탄하고 하루하루 긍정하며 살지만 자신의 미래는 딱히 낙관하지 않는 사람인데요. 그런 혜은이 머지않은 미래에 무엇이 되어 있을 자신을 희망하게 만든 분야가 있다면, 작사입니다. 하고 싶은 일이나 되고 싶은 게 있으면 곧바로 선언해 버리는 나와 정반대인 혜은은 최근에야 스스로를 작사가 지망생이라고 인정하고, 또 입으로 소리 내어 말할 수 있게 되었답니다. 한편으로는 스스로 기대하는 마음을 불편하게 여기던 혜은이 작사가가 되어 있을 자신을 어렴풋이 떠올려 보았다는 게, 요란하거나 유난하지는 않지만 남몰래 밤새 데모곡에 노랫말을 적어 내려간 시간이 있었기에 가능한 변화처럼 느껴져서, 지망생의 내일이란 나로선 절대 알 수 없는 오늘 밤의 시간으로 만들어지는 거라는 걸 새삼 확인할 수 있었습니다. 그제야 혜은이 쓴 다음 문장을 이해할 수 있었지요.

> 새벽 내내 빈 문서를 마주한 채 한 곡을 반복 재생하고 있다 보면 슬쩍 겁이 난다. 작사가가 되고 싶은 마음이 너무 커져서 언젠가 지금의 즐거움을 잃어버릴까 봐. 어쩌면 이런 게 진정한 지망생의 마음이겠지. 지금 나는 두려워하면서도 뒷걸음치고 싶지는 않으니까. 그러니 살면서 한 번은 더 지망생이 될 필요가 있었던 것 같다.*

*윤혜은, 《매일을 쌓는 마음》, 오후의 소묘, 2024.

나는 현재 아무것도 지망하지 않는 (예)비지망생 신분이지만, 그래서 지금과 크게 다르지 않을 것 같은 나의 40대가 여전히 기대되진 않지만 비지망생으로서 할 수 있는 가장 쉬운 일을 하며 40대를 맞아보려고 합니다. 그건 혜은이 작사가가 되어 있을 40대를 기다리는 건데요. 나보다 어린 혜은이 40대가 되려면 시간이 조금 더 걸리겠지만 지망생 혜은이 현역이 되어가는 과정을 지켜보는 편이 확실히 미덥게 짜릿할 것 같거든요. 그러다 보면 내게도 뒤늦게 지망하는 일이 생길지도 모릅니다. 그럼 환대하며 지망생 미화리의 길을 걸어가 볼 거예요!

무엇이든 느린 내가 답답해요

나이는 먹어가지만 너무나도 느린 제가 답답할 때도 있어요. 인생이란 각자의 길과 속도가 있다지만 주변 사람들을 보며 나 혼자 늦는 건 아닐까 조급해지고 괜히 불안해요. 원하는 일을 찾아 하고 싶은 일을 하기 위해 노력 중이지만 포기하지 않다 보면 정말 그 꿈을 이룰 수 있는지 걱정이 많이 되네요.

— M

↳ PS.

남들보다 늦게 꾼 꿈을 이루는 영화는 얼마든지 있잖아요. 믿기 힘들지만 실화인 이야기도 많고요. 그 영화들이 전하고자 하는 메시지는 거의 비슷합니다. M 님도 이미 알고 있는 주제일 거예요. 하지 말아야 할 이유가 넘쳐나는 세상에서 해도 되는 선례가 되기. 라다 블랭크의 마흔 살 인생을 담은 〈위 아 40〉도 자전적 이야기를 담은 영화랍니다. 주연을 맡은 라다 블랭크가 곧 감독 자신이거든요. 구글에 '라다 블랭크'를 검색해 보니 직업란에 이렇게 쓰여 있더라고요. 배우, 극작가, 그리고 래퍼. 레츠고.

■ movie: 〈위 아 40〉, 라다 블랭크 감독, 2020.

가정과 일을 병행하는 건 우수한 여성뿐만 아니라
저 같은 평범한 사원이 할 수 있어야 하는 거 아닐까요?

누군가의 롤모델이 된다면

악녀, 일하는 게 멋없다고 누가 말했어?

책《사랑한다고 말할 용기》에서 황선우 작가는 직장 내에 여성 관리자가 적은 이유에 대해 이렇게 설명합니다. 실무를 잘하는 저연차 여성일수록 관리자가 되기보다는 계속 현업에 머무르고 싶어 하기 때문이라고요. 아무래도 결정을 내리고 책임을 져야 하는 위치인 관리직은 재미있어 보이지 않으니까요. 그런데 여성들이 높이 올라가는 걸 꿈꾸지 않는 이유가 정말로 실무를 너무 좋아해서일까요? 그럴 가능성도 없지는 않겠지만 황선우 작가가 하고 싶었던 말은 이 문장에 담겨 있습니다.

동일시할 수 있는 롤모델이 부족한 환경 속에 있다 보면 성공에 대한 상상력의 사이즈도 줄어들 수 있다. *

그러니까 본보기가 될 만한 직장 내 여성 관리자가 적다는 의미겠지요. 하지만 여성이 높이 올라가는 걸 꿈꾼다고 해서 문제가 해결되는 것도 아닙니다. "여성이 뭔가를 강하게 주장할 때, 그리고 그 주장이 다수와 다른 의견일 때 세상은 그를 쉽게 악녀로 몰아간다"**는 사실을 우리는 수많은 사례로 알고 있거든요. 루스 베이더 긴즈버그가 여성으로서 역대 두 번째로 미국 연방대법원의 대법관에 임명되었을 때 '마녀', '대법원의 수치', '사악한 괴물'이라는 평을 들은 것처럼 말이죠.

이런 시대에 대기업에서 출세를 목표로 일하는 말단 직원의 성공기를 다룬 이야기가 있습니다. 여성이 출세할 때 악녀라는 말을 들어야 한다면 기어코 악녀가 되어주겠다고 말하는, 일하는 여성이 빛나기 힘든 나라에 탄생한 규격 외

* 황선우, 《사랑한다고 말할 용기》, 책읽는수요일, 2021.

** 같은 책.

의 사회인, '타나카 마리린'의 직장 내 성공기를 담은 일본 드라마 〈악녀, 일하는 게 멋없다고 누가 말했어?〉입니다.

온라인쇼핑몰 기반의 IT 대기업 '오우미'에 취직한 타나카 마리린은 출근 첫날부터 쓸모없어진 직원들이 모여 있는 비품관리과에 배정됩니다. 타나카가 채용이 된 건 학벌이나 커리어 때문이 아니라 성별 할당제 차원의 보여주기식 제도 덕분이었거든요.

타나카는 곰팡이 냄새 나는 비품관리과에서 최연소 여성 임원이 될 뻔했다가 악의적인 소문으로 좌천된 '미네기시'를 만나게 되는데요. 미네기시는 다소 덜렁거리지만 긍정적이고 약간의 크레이지함도 겸비한 타나카 마리린에게 이런 제안을 합니다. 자신이 도와줄 테니 출세해 보지 않겠냐고요. 단, 출세를 위해서는 악녀가 되는 것도 필요하다고 말이죠. 타나카는 대답해요.

"괜찮아요. 저 꽤나 악녀거든요."

좌천되기 전 전무의 오른팔이었던 미네기시는 보이지 않는 힘을 이용해 타나카 마리린이 다양한 업무를 배우고 경험해 볼 수 있도록 주기적으로 부서를 이동시킵니다. 드라마 〈악녀〉는 매 회마다 부서를 이동해 가며 만나는 여성 직원들과의 에피소드로 구성되어 있습니다.

여왕벌(남성 중심의 사회에서 뛰어오른 여성이 다른 여성을 공격할 때 그 모습을 조롱하는 말)이라고 불리는 인사과 나츠메 과장, 꼬박꼬박 들어오는 월급 말고는 일에 보람을 느끼지 않는 마케팅부 리서치팀의 나시다 대리, 남자 동기에게 기획을 빼앗겼지만 개발만 할 수 있다면 괜찮다는 개발자 카와바타, 그리고 두 번의 연이은 출산휴가로 눈치가 보여 자진해서 비품관리과로 부서 이동을 요청한 마미야까지. 타나카 마리린은 인사과, 마케팅부, 기획개발부, 영업부를 거치며 각 부서마다 여직원이 처한 상황과 업무 환경, 문제점을 파악하고 도움을 주고받으며 자신의 편을 늘려 나갑니다. 미네기시는 시험(?)을 모두 통과한 타나카 마리린을 불러 그의 진짜 목적을 이야기합니다.

"다이버시티(다양성) 같은 걸 주장하고 있지만 오우미의 실권을 쥐고 있는 건 쇼와시대의 성공 경험으로 살아가는 남자들이지. 여자에게는 지금도 유리천장이 있어. 그것도 몇 겹이나 말이야. 우리 회사의 여성 관리직 비율은 고작 10퍼센트. 그것도 보여주기식 관리직이라고들 해. 나는 3년 안에 오우미의 관리직 중 50퍼센트를 여성이 맡게 하려고 하고 있어."

"3년 안에 여성 관리직 50퍼센트!"

타나카는 벅차오릅니다. 자신이 만난 일 잘하는 멋진 여성이 관리직이 되는 오우미라니! 그것도 3년 안에, 50퍼센트라니. 이 프로젝트만 성공시키면 다음 세대에게 파벌이나 성별에 관계없이 자유롭게 일할 수 있는 오우미를 물려줄 수 있을 거라는 믿음으로, 타나카와 미네기시는 50퍼센트 프로젝트 추진실을 만들어 여성 관리직 육성을 시작합니다.

하지만 희망과는 달리 임원을 목표로 하는 여성 직원을 찾기가 쉽지 않습니다. 누구나 다 위로 올라가고 싶은 건 아니니까요. 무엇보다 이들의 가장 큰 고민은 롤모델이 없다는 점입니다. 결혼, 출산, 육아 등으로 승진 같은 건 생각할 수 없는 평사원이 임원을 목표로 하기에는 현실성이 너무 없달까요. 롤모델로 삼기에 미네기시와 인사과의 나츠메 과장은 미혼에다 스펙이 너무 좋거든요. 기혼자에 아이도 있는 여성 평사원에게 승진은 세상 물정 모르는 순진한 이야기로 들립니다. 특히 기획개발부에서 비품관리과로 자진 이동을 한 워킹맘 마미야를 보면 희망이 없어 보입니다.

하지만 이대로 포기할 수는 없죠. 드라마는 50퍼센트 프로젝트를 불가능한 분위기로 몰아가는 상황에서 타나카 마리린을 투입합니다. 이 과정에서 일본 드라마 특유의 해결 방식이 판타지처럼 느껴지기도 하지만, 〈악녀〉의 가장 큰 성과가 있다면 그건 마미야가 후배들의 롤모델이 되기를 자처했다는 점입니다. 마미야는 촉망받는 부서의 남성 사원이 아니어도, 육아를 하면서도 승진을 포기하지 않을 수 있다는, 더 나아가 관리직이 될 수 있다는 가능성과 용기를 주는 롤모델이 되기로 결심합니다. 앞으로 오우미는 고스펙의 미혼인 미네기시나 나츠메 과장이 아닌 평범한 여성 사원인 마미야에 의해 변해갈 겁니다.

"기획개발부로 돌아오고 싶습니다. 역시 기획개발 업무가 좋습니다. 단축 근무는 양보할 수 없지만 보람 있는 일도 양보할 수 없습니다. 뻔뻔한가요? 맞아요. 저 뻔뻔합니다. 가정과 일을 병행하는 건 우수한 여성뿐만 아니라 저 같은 평범한 사원이 할 수 있어야 하는 거 아닐까요? 게다가 여기에 있는 남성 사원 중에 가정과 일을 병행하고 있는 사람은 몇 명 있나요? 오후 다섯 시 이후에는 회의에도 참석할 수 없지만 기죽지 않고 기획개발부에 돌아오고 싶습니다. 물론 일은 열심히 하겠습니다!"

커리어를 우선시하는 나, 이기적인가요?

갑자기 남편이 해외에서 일을 하게 되어서 오늘 출국하는 길을 배웅하고 왔어요. 맞벌이 신혼부부고 아직 아이는 없는데, 너무 당연하게 아내도 같이 따라 나가야 하는 것 아니냐는 시선들이 있습니다. 저는 나의 커리어가 엄청 대단하진 않더라도 내게는 의미 있는 일이라고 생각해서, 이걸 포기하고 떠나는 결정을 당장 할 수는 없었어요. 우선 전 서울, 남편은 해외에서 잠시 롱디부부를 하기로 했어요.
그런데 오늘 남편을 배웅하고 돌아와 같이 지내던 공간에서 처음으로 혼자 지내보니, 새삼 쓸쓸함을 견디기가 쉽지가 않아요. 영영 헤어진 것도 아닌데 따로 생활을 시작한다는 것이 감정적으로는 상실의 마음이 들어요. 결국 이건 내가 지금 하는 일을 포기하지 않기로 한 선택의 결과이기 때문에 스스로 책임져야 한다고 생각도 합니다. 그런데 뭐가 억울하다고 눈물이 나는지. 머리랑 마음이 따로 놉니다.

— E

↳ PS.

해고할 수 없는 인간을 모아둔다는 비품관리과의 수장인 타케우치 과장은 정년을 1년 앞두고 있는데요. 타케우치 과장의 집에 초대받은 타나카 마리린은 그의 아내에게 이런 이야기를 듣게 됩니다.

"저 사람 말이야. 나를 위해서 출세 안 한 거야. 출세 코스였던 지방 전근을 거절하고 그때부터 계속 지금의 부서에 있는 거야. 나도 일하고 있잖아. 일이라고 해도 그렇게 대단한 건 아니지만 나 지금 하는 일을 좋아하거든. 그래서 남편은 전근을 거절하고 야근도 해오지 않았어."

두 분이 롱디부부를 선택한 것도 E 님의 커리어가 존중받았기 때문이겠지요. 타케우치 과장이 지방 전근을 거절하지 않았다면 이 부부의 모습은 지금과 많이 달랐을 거예요. 타케우치 과장은 비품관리과가 아닌 다른 부서의 부장이 되었겠지요. 당연하다는 듯 출세의 길을 걸었을 테니까요. 그의 아내는, 글쎄요. 잘 그려지지 않아요. 부부 모두 각자의 일을 포기하지 않으면서 서로의 커리어를 응원해주는 관계에 대한 상상력이 제게 부족하기 때문인 것 같아요. 미래에 대한 상상력은 앞선 사례와 통계가 만들어주기도 하니까요.

그래서 마미야와 같은 워킹맘 임원이 많아져야 하는 것이겠죠. 여성들에게 마미야처럼 되고 싶다는 상상력을 길러주기 위해서. E 님의 선택도 그런 역할을 할 거라고 생각해요. 남편의 전근을 따라가지 않은 여성이 자신의 커리어를 지켜낸 사례로요. 그것이 꼭 출세나 승진으로 이어지지 않더라도, 일을 지키고 싶은 사람에게 하나의 선례가 되어줄 거예요.

누군가의 롤모델이 되어줄 E 님의 선택을 응원하며.

■ drama: 〈악녀, 일하는 게 멋없다고 누가 말했어?〉,
나구모 세이이치 연출, 2022.

모험의 결과는 중요치 않아요. 결과가 전부는 아니니까.
지금부터는 다 보너스인 셈이죠.

"안 될 거 있나요?"

우리는 동물원을 샀다

우리 아빠 모험에 관한 글을 쓰는 작가다. 위험한 독재자도 인터뷰하고 특급 허리케인 찰리의 중심부로도 날아갔다. 아빠 놀랍고 신기한 온갖 모험에 대해 빠삭한 전문가였다. 그래도 이건 예상 못 했을걸?

모험을 즐기는 칼럼니스트 벤저민 미도 몰랐을 겁니다. 사춘기 아들과 달에 토끼가 산다고 믿는 다섯 살 딸아이를 돌보며 동물원을 운영하는 일이 모험보다 더 험난할 거라는 건. 영화 〈우리는 동물원을 샀다〉는 아내를 잃은 벤저민이 아이들과 새로운 삶을 시작하기 위해 동물원을 사면서 벌어지는 이야기입니다.

"이 집이에요? 완벽한데 여길 왜 진작 안 알려줬죠?"
"사실 여긴 동물원이에요. 2년 전까지 개장했다가 그 후 문을 닫았죠. 시설은 계속 유지되고 있어요."
"여길 산 뒤에 동물을 딴 데로 보내면 안 되나요?"
"이 멸종 위기의 동물을 매입자가 계속 돌보는 게 계약 조건이에요. 직원들도 아직 남아 있어요. 누가 빨리 여길 안 사면 이곳 동물은 아마도…."

벤저민은 동물원을 사기로 결심합니다. 동물과 시간을 보내다 보면 엄마를 잃은 아이들의 마음도 치유될 거라고 믿었기 때문이죠. 하지만 다 스러져가는 동물원을 복구하는 일은 만만치 않습니다. 헐거운 울타리와 기둥도 고쳐야 하고 계속해서 변하는 동물원 규정에 맞추어 손봐야 할 게 한두 가지가 아닙니다. 우울증 걸린 330킬로그램의 그리즐리 베어 '버스터'가 우리를 탈출하기도 하고, 열일곱 살 늙은 호랑이 '스파'가 고통을 참으며 죽음을 기다리고 있는 모습을 지켜봐야 하죠. 무엇보다 가장 큰 문제는 이 모든 게 돈과 연결되어 있다는 겁니다.

머리를 쥐어뜯으며 우왕좌왕하는 벤저민을 지켜보던 주임 사육사 캘리가 묻습니다. 동물에 대해 아는 것도 없고 자선사업을 할 만큼 부자도 아니면서 대체 무슨 생각으로 동물원을 샀냐고요. 눈을 또르르 굴리던 벤저민은 옅게 웃음 지으며 대답합니다.

"안 될 거 있나요?"

아쉽게도 나는 벤저민처럼 쿨하게 "Why not?"을 외칠 만큼 용기 있는 사람은 아니라서, 모험을 시작하기에 앞서 각을 잽니다. 모험의 결과가 성공일지 실패일지를 예상해 보는 건데요. 정확히 말하면 성공의 확률보다는 실패 이후 재기의 가능성을 따져봅니다. 모험의 결과가 인생이 대망(크게 망함)하는 일이 아니라면, 실패 이후에도 재기가 가능한 소망(작게 망함)한 일이라면 해보는 쪽을 선택합니다. 이왕이면 성공하고 싶지만, 나는 믿고 있거든요. 결과가 어떻든 모험의 끝에서 좋은 경험이었다며 눈물 닦을 우리의 정신승리 DNA를요.

여전히 느린 관공서의 업무 속도와 싸우면서, 몇 날 며칠 동안 전철로 이삿짐을 나르면서, 베를린 이후의 삶에 대한 막막함도 간직한 채 나의 베를린을 전하고 싶었다. 당장 눈앞의 따듯한 와인 한 잔도 머릿속 계산기를 두들겨야 하고, 차비가 아까워 몇 시간을 걸어 다녔으면서 SNS용 사진첩과 같은 이야기만 하고 싶지는 않았다. 서른을 이곳에서 맞은 스물아홉의 내가 느낀 모든 불안과 두려움, 반짝이는 풍경 하나에 '그래, 오길 잘했다.' 위안 삼으며 느꼈던 설렘을 모두 이야기하고 싶었다.
그러면서도 이 기록의 끝에서 하고 싶었던 말은 이 모든 감정은 내가 이곳, 베를린에 있기 때문에 느낄 수 있었다는 점이다. 베를린에서의 생활이 보이는 것만큼 화려하지도, 여유 있지도 않지만 이 선택을 절대 후회하지는 않을 것이라는 점이다.*

스물아홉부터 서른하나까지, 베를린에서 보낸 3년의 시간을 담은 저의 책 《베를린 다이어리》의 마지막 장입니다. 기억도 맛으로 표현할 수 있다면, 베를린은 내게 와사비 과자 맛이에요. 맵고 짜고 단데 욕심을 부리면 코끝이 찡해지는. 가진 거라곤 시간뿐인 가난한 유학생 신분에서 비롯된 기억들 때문이겠지요. 언어도 통하지 않는 외국에서 ABC부터 다시 시작하려니 자존심 상하는 일도 많았습니다. 계좌

* 이미화, 《베를린 다이어리》, 알비, 2017.

를 개설하는 일, 비자를 연장하는 일, 집을 구하고 일자리를 찾는 일, 어느 것 하나 쉬운 게 없었지요. 모든 게 도전이었습니다. 신기한 건 그런 와중에도 '내가 이렇게까지 해야 하나'라는 생각보다는 '이렇게 해서라도 이곳에 있고 싶다'는 생각뿐이었다는 겁니다. 그때의 나는 알고 있었거든요. 인생에 한 번은 모험을 감행해야 하는 시기가 온다는 것. 그게 지금이라는 것을요.

벤저민이 아들에게 이런 말을 해요. 때론 미친 척하고 딱 20초만 용기를 내볼 필요가 있다고. 그럼 장담하는데 멋진 일이 생길 거라고요. 고무적인 말이긴 하지만 모험에서 더 중요한 건 용기의 다음 단계입니다. 예상 밖의 어떤 일이 벌어지든 수용하는 단계. 용기만으로는 모험을 지속할 수 없어요. 외국 생활도 마찬가지입니다. 무엇을 계획하고 어떤 걸 기대하든 그와 정반대의 결과가 펼쳐지는 게 외국 생활이거든요.

로즈무어 동물원의 재개장을 하루 앞두고 벤저민은 함께 노력해 온 사육사와 관리자들을 불러 모읍니다.

"모험의 결과는 중요치 않아요. 결과가 전부는 아니니까. 지금부터는 다 보너스인 셈이죠."

벤저민의 정신승리 DNA가 발동한 건지도 모르지만 결과만을 남겨둔 사람만이, 어떤 일이든 수용하고 수습해 온 사람만이 모험의 끝에서 할 수 있는 말이겠지요. 나의 DNA도 열일을 해주었는지 베를린의 끝에서 내가 느낀 감정은 인생 대망도, 소망도 아니었습니다. 모험을 시작할 때 기대했던 독일어를 마스터하지도, 예술대학에 입학하지도, 직장을 구하지도 못했는데 말이죠. 이제 어디서든 살아남을 수 있을 거라는 자신감과, 이루지 못할 큰 꿈이나 나와 다른 이에 대한 부러움보다는 내 안에 불필요한 것들을 덜어내며 살아가야겠다는 인생관을 얻은 게 전부입니다. 그게 이 모험의 결과였습니다. 이후 《베를린 다이어리》를 시작으로 글을 쓰며 작가로 활동하게 된 건 모두 모험의 보너스인 셈입니다.

그동안 이룬 것을 다 버리고 밑바닥부터 시작할 수 있을까요?

안녕하세요. 30대 초반의 여성입니다. 저는 교직에 대한 꿈이 없었지만, 안정적인 직업을 원하시는 부모님의 뜻에 따라 교대에 입학하여 초등학교 교사가 되었습니다. 대학생 때는 공부하는 분야가 적성에 맞지 않아 방황을 많이 했고, 임용고시에 합격한 후에도 일을 그만두고 다시 시험을 보고를 여러 번 반복했어요. 그동안 제 직장을 완전히 떠나지 못했던 이유는 지금까지 내가 뭘 하고 싶은지 몰라서였어요.

최근이 되어서야 꿈이 생겼습니다. 하지만 안정된 직장을 그만두고, 가족과 소중한 사람 곁을 떠나 외국에 혼자 나가서 비정규직으로 다시 밑바닥부터 시작해야 하는 일이라 무서운 것도 사실입니다. 성공할 수 있을 것이라는 자신감과 두려운 마음이 공존하는 이 상황을 어떻게 하면 잘 헤치고 나갈 수 있을까요?

— T

↳ PS.

외국 생활에서 필연적으로 겪게 되는 불편함이나 자괴감은 생각보다 별것 아니더라고요. 부정적인 감정을 압도할 만큼의 벅차오르는 순간이 훨씬 많았답니다. 외국 생활이란 그런 것 같아요. 처음부터 다시 시작해야 하지만 그 경험에서만 느낄 수 있는 순도 100퍼센트의 행복이 분명 있습니다. 그 시작이 밑바닥처럼 느껴질 수도 있지만 '밑'이 아닌 '무'라고 생각해도 좋을 거예요. 0은 채워지기를 기다리는 숫자잖아요. 아무것도 없다면 하나하나 채워 가면 됩니다. 저는 돌아왔지만 계속 남아 원하는 결과를 얻어낸 친구들을 많이 알고 있답니다. 베를린에서요!

■ movie : 〈우리는 동물원을 샀다〉, 캐머런 크로 감독, 2012.

부디 사소한 이유로 살아주세요

4

ly until

End

쥘 베른이 뭐랬는지 알아요? 녹색 광선을 볼 때
자기 자신과 타인의 진심을 알 수 있대요.

사랑을 기다리는 사람이라면

녹색 광선

'신은 견딜 수 있는 만큼의 시련만 준다'라는 문장을 붙들고 통과한 시절이 있습니다. 신의 존재보다는 견딜 수 있다는 믿음이 필요했던 시기였지요. 지금이라면 '아니요. 저를 좀 과대평가하신 것 같아요'라며 신에게 딜deal이라도 해봤을 텐데. 그때는 그저 믿고 견딜 수밖에 없었어요. 그렇게 크고 작은 시련을 겪으며 나는 신이 아닌 이야기의 힘을 믿는 어른으로 자라났습니다. 죽지 않고 살아갈 용기가 되어주고, 삶의 단서가 되어주는 이야기의 힘. 그런 이야기를 만나면 이야기함에 잘 보관해 두었다가 필요한 순간에 꺼내 부적으로 사용합니다. 셰에라자드가 목숨을 부지하기 위해

1000일 밤 동안 지어낸 모험담만큼은 아니지만 나를 살리는 이야기들이지요.

어느 상황에서든 효과가 좋은 건 미틸과 틸틸의 이야기입니다. 파랑새를 찾으러 여행을 떠났다가 빈손으로 돌아와 보니 정작 파랑새는 집에 있었다는 이야기. 이건 파랑새로 대표되는 행복과 만족감을 나 아닌 바깥에서 찾으려고 할 때 도움이 되지만 잃어버린 물건이 있을 때도 효과가 좋습니다. 머물렀던 모든 동선을 되돌아가며 찾아도 보이지 않던 신용카드가 포기하고 집으로 돌아오는 길에 주머니에서 만져졌을 때의 그 깨달음이란…! 아, 미틸과 틸틸. 아, 이 띨띨이…!

내 안에서 무언가가 사라지려 할 때 꺼내는 부적도 있습니다. 피터팬의 작은 친구 팅커벨에 관한 이야기인데요. 팅커벨의 생명력은 아이들의 믿음과 연결되어 있어서 요정이 없다고 믿는 아이들이 많아질수록 힘을 잃게 됩니다. 그 이야기를 들은 후부터 내 안의 작은 믿음, 눈에 보이지 않지만 반드시 존재하는 것들(사랑이나 희망 같은)에 대한 믿음이 바사삭 사라진 날이면, 속으로 '팅커벨은 있다, 팅커벨은 있다' 주문을 외면서 조심조심 걷곤 합니다.

최근에는 사랑에 관한 이야기를 수집했어요. 녹색 광선을 함께 본 사람과 사랑이 이루어진다는 마법 같은 이야기랍니다.

"넌 미신 안 믿어? 행운이나 카드 별자리 같은 거."
"난 나만의 미신이 있어. 길에서 주운 카드가 주는 의미를 믿는 거지. 며칠 전에 주운 카드가 녹색이었는데, 심령술사 친구가 올해 내 컬러가 녹색이라고 했거든. 그 이후로 나도 모르게 계속 녹색이 눈에 띄는 거야. 녹색 가로등에 붙은 녹색 카드, 녹색 옷."
"너 그러다 초록색 남자 만나는 거 아니야?"

남자친구와 이별한 델핀은 2주가 넘는 바캉스 기간을 누구와 어디서 보낼지 고민입니다. 파리에 남아 있자니 버려진 기분이 들고, 바캉스 때문에 마음에도 없는 사람을 만나고 싶지도 않아요. 델핀은 오랜 시간을 들여 천천히 상대를 알아가는 타입이거든요. 하지만 친구들은 적극적으로 찾아다니지 않으면, 녹색 타령이나 하면서 기다리고만 있으면 좋은 사람을 만날 수 없다며 델핀을 재촉합니다.

결국 혼자서 바캉스를 떠난 델핀은 친구들의 말대로 새로운 사람을 만나기 위해 노력하지만 대화 끝에 돌아오는 건 '까다롭다'는 말뿐입니다. 내 생각과 취향을 이야기했을 뿐인데 까다롭다니. 이러다 바캉스 내내, 어쩌면 영영 나를 이해해 줄 운명의 남자를 만나지 못하는 건 아닐까? 속상하고 억울한 마음에 혼자 숨죽여 울던 델핀의 귓가에, 길가에 모여 이야기 중인 할머니들의 대화 소리가 들려옵니다.

"녹색 광선 본 적 있어요?"
"세 번이나 봤어요. 처음 본 건 여덟아홉 살 때 라볼르라는 아름다운 해변에서였어요. 맑고 건조하고 구름 한 점 없는 날이었죠. 아주 짧은 시간이었지만 태양이 수평선 아래로 꺼지는 마지막 순간에 칼날 같은 녹색 빛줄기가 수평선으로 퍼졌죠. 짧은 순간이었지만 정말 아름다웠어요."
"쥘 베른이 뭐랬는지 알아요? 녹색 광선을 볼 때 자기 자신과 타인의 진심을 알 수 있대요."

주인공 헬레나 캠벨이 녹색 광선을 보기 전까지는 결혼하지 않겠다고 선언하자 온 가족이 녹색 광선을 관찰하기 위해 여행을 떠나는 쥘 베른의 소설 《녹색 광선》에 등장하는 이야기였지요. 소설은 몰라도 녹색이라면 그냥 지나칠 수 없는 델핀은 녹색 광선 이야기에 사로잡힙니다. 대기 조건이 모두 맞아야만 볼 수 있다는, 그래서 평생 한 번 볼까

말까 한 녹색 광선을 같이 보는 사람이라면 운명이 확실할 테니까요. 누구를 기다리는지도 모르는 채로 누군가를 기다리던 델핀은 정답 없는 문제의 힌트를 얻은 기분입니다.

그래서일까요. 델핀은 기차역에서 우연히 만난 남자에게 마음을 열어보기로 합니다. 내가 읽고 있는 책을 단번에 알아봐 준 사람이라면, 내 생각을 술술 털어놓게 되는 이 남자라면 있는 그대로의 나를 제대로 봐주지 않을까 하는 희망이 생겼거든요. 시간은 어느덧 해 질 무렵. 고민하던 델핀은 용기를 냅니다.

"나랑 저기 가서 해 지는 거 볼래요?"

그가 델핀이 기다려온 사람이라는 건 서로의 표정만 봐도 알 수 있지만, 녹색 광선을 확인하고 싶은 마음도 이해가 안 가는 건 아닙니다. 친구들의 비웃음에도 줄곧 녹색이 전해줄 사랑의 단서를 기다리던 델핀이니까요. 과연 델핀은 그와 함께 녹색 광선을 볼 수 있을까요? 녹색 광선 이야기 속의 로맨틱한 주인공이 될 수 있을까요?

진정한 사랑이 하고 싶어요

살면서 누구나 설레는 첫사랑을 간직하고 산다고 하지요. 저는 이제 열여섯이 되었는데, 주위를 보면 첫사랑을 경험하는 친구들이 제법 있습니다. 저도 사랑하고 또 사랑받기를 바랍니다.
누군가 먼저 다가와 준 적도 있지만, 사랑할 용기가 나지 않아 저도 모르게 선을 긋고 말았어요. 그런 제가 누군가에게 다가가 사랑을 시작할 수 있을까요?

— J

↳ PS.

사랑을 기다리는 사람이라면 애틋한 조건부 문장 하나쯤은 품게 마련이잖아요. 첫눈을 함께 맞으면 사랑이 이루어진대, 짝사랑하는 애의 이름을 새긴 지우개를 다 쓰면 사랑이 이루어진대, 떨어지는 벚꽃잎을 잡으면 사랑이 이루어진대, 같은.

J 님은 사랑에 관한 어떤 이야기를, 문장을 간직하고 있나요?

그게 녹색 광선을 보는 것만큼이나 진귀한 일일지라도, 아니 오히려 그럴수록 좋습니다. 사랑에 관해서라면 거짓말 같은 이야기의 주인공일수록 낭만적인 법이니까요. 그럼 저는 셰에라자드처럼 J 님의 사랑 이야기를 사람들에게 전할게요.

J 님의 사랑에도 마법 같은 녹색섬광이 비추기를 바라며.

■ movie: 〈녹색 광선〉, 에릭 로메르 감독, 1986.

항상 풍경 전체를 봐야 해.
모든 게 한데 어우러지면 마법이 벌어지거든.

이상형이라는 풍경 속에서

플립

변진섭 아저씨의 〈희망사항〉을 아시나요? 청바지가 잘 어울리는 여자, 김치볶음밥을 잘 만드는 여자, 밥을 많이 먹어도 배 안 나오는 여자, 멋 내지 않아도 멋이 나는 여자, 뚱뚱해도 다리가 예뻐서 짧은 치마가 어울리는 여자. 난 그런 여자가 좋더라~ 라고 이상형을 나열하는 노래입니다. 청바지를 입고 워킹하는 모델 언니들 사이에서 쑥스러워하며 노래를 부르는 1990년도 가요무대의 스물다섯 살 변진섭 아저씨를 보고 있으면 앗, 이게 바로 90년대 첫사랑 재질인가도 싶지만, 어쩐지 비아냥거리고 싶어집니다. "여보세요. 아저씨. 희망사항이 정말 거창하시네요." 그리고 묻고 싶어집니다.

"그러는 당신은 그런 여자에게 어울리는 남자인가요?" 놀랍게도 이 멘트가 그대로 마지막 가사라는 점이, 이 노래를 작사·작곡한 노영심의 목소리로 들을 수 있다는 점이 〈희망사항〉의 반전 매력이지만. 여전히 '머리에 무스를 바르지 않아도 윤기가 흐르는 여자'나 '웃을 때 목젖이 보이는 여자' 처럼 아주 디테일한 이상형 항목을 듣고 있다 보면, 머릿속에 영화의 한 장면이 재생됩니다. 브라이스의 미소에 속수무책으로 반해버린 줄리가 아빠와 대화를 나누는 장면이요.

줄리는 브라이스를 처음 보자마자 눈이 뒤집힙니다(I Flipped). 브라이스의 그윽한 눈동자와 천사 같은 미소에 반해버린 것인데요. 그때부터 줄리는 때와 장소를 가리지 않고 자신의 첫 키스 상대가 되어줄 브라이스에게 애정 공세를 펼치기 시작합니다. 수줍음이 많을 뿐 브라이스도 자신을 좋아하는 게 분명하다고 믿고 있거든요. 그럼 여기서, 브라이스의 입장도 들어볼까요?

'내 소원은 줄리가 내게 관심을 끊는 거였다.'

저런, 브라이스의 생각은 완전히 다릅니다. 브라이스의 눈에 줄리는 그저 귀찮고 이상한 애일 뿐이거든요. 초등학교 내내 자신을 쫓아다니더니 중학생이 된 최근에는 집 앞에 있는 플라타너스에 올라 벌목 반대 시위를 하는 별난 여자아이. 브라이스는 그런 별 볼 일 없는 나무를 소중하게 생각하는 줄리를 이해할 수 없습니다. 그게 며칠 동안 학교에 나오지 않을 이유가 된다는 것도요. 심지어 아침마다 줄리가 건네는 달걀(줄리가 뒷마당에서 직접 키우는 닭이 낳은)을 어떻게 거절할지가 최대의 고민입니다.

하지만 줄리는 그저 매일 브라이스를 볼 수 있다는 사실에 설레기만 하는데요. 그런 줄리에게 아빠가 묻습니다. 브라이스의 어떤 점이 그렇게 좋은지를요.

"모르겠어요. 그 애의 눈 때문인 것 같아요. 미소도 예쁘고요."
"그 애의 전체는 어때? 항상 풍경 전체를 봐야 해. 그림은 그저 부분을 모아놓은 게 아니야. 소는 그냥 소고, 초원은 그냥 잔디와 꽃이고 나뭇가지 사이로 비치는 햇살은 그저 빛줄기일 뿐이지만 모든 게 한데 어우러지면 마법이 벌어지거든."

부분이 아닌 전체. 아빠의 말대로라면 변진섭 아저씨의 노래 가사에 나오는 구체적이지만 극히 부분적인 희망사항으로는 한 사람의 전체를 볼 수 없습니다. (영원히 고통받는 변진섭 아저씨.) 김치볶음밥을 잘 만들 수는 있어도 자신의 배만 부르면 그만인 사람일 수도 있고, 외면의 아름다움이 내면보다 앞서는 사람일 수도 있으니까요. 어쩌면 부분보다 전체가 못한 사람일 수도 있지요. 브라이스가 자신이 준 달걀을 모두 쓰레기통에 버리는 장면을 목격한 줄리는 브라이스가 그런 사람일지도 모른다고 생각합니다. 깊고 푸른 눈동자와 예쁜 미소를 가졌지만 줄리의 정성은 존중할 줄 모르는, 전체가 부분에 못 미치는 사람.

한편 브라이스가 줄리에게 관심을 가지기 시작한 건 줄리의 벌목 반대 시위가 실린 신문 기사를 읽고 나서부터입니다. 줄리가 '땅 위로 높이 들려져서 바람에 어루만져지는 느낌'이라는 표현을 쓸 줄 아는 아이라는 걸 알게 되었거든요. 브라이스는 점차 자신이 알고 있는 모습은 줄리의 일부분이었으며, 조금 부족해 보이는 부분들(말괄량이 외모, 걸걸한 목소리, 가난하고 지저분한 집, 삼촌의 장애)이 한데 어우러져 줄리라는 풍경이 만들어졌다는 사실을 알아가게 됩니다. 줄리는 생명의 시작을 관찰하는 사람, 가난 속에서도 가족을 자랑스러워할 줄 아는 사람, 감사 인사를 빼먹지 않는 사람, 약속은 꼭 지키는 사람, 소중한 게 무엇인지 아는 사람, 그리고 오색찬란한 무지갯빛을 내는 사람이라는 것을요.

이쯤 되니 나를 만나기 전 남편의 〈희망사항〉은 어떤 가사로 채워져 있었을지 궁금해졌지만 묻지 않기로 했습니다. 아마 우리는 서로의 이상형과 거리가 멀 테지만, 나의 부분이 아닌 전체, 그러니까 내가 어떤 풍경의 사람이고 싶은지를 이해하고 같은 풍경 속에 있기를 선택한 사람이니, 그 풍경 속에서는 내가 몇 킬로그램인지, 남편이 어떤 옷을 입고 있는지는 그리 중요하지 않게 되었거든요.

짝사랑으로 나를 잃어버린 기분이 들어요

안녕하세요. 저는 약 5개월째 짝사랑을 하고 있습니다. 짝사랑이라는 게 하루에도 몇 번씩 천국과 지옥을 오가게 만들어 요즘 참 힘이 듭니다. 서른을 넘긴 나이에 이렇게나 절절한 짝사랑을 한다는 게 답답하기도 하고 스스로가 너무 가여울 때도 많네요. 어떤 날은 절실하게 그 남자와 인연이 닿기를 간절히 기도하면서도, 어떤 날은 또 인연이라면 반드시 닿을 거라며 저를 위로하기도 합니다.

내 마음조차도 제대로 잡을 수가 없는데 그의 마음은 어떻게 잡을까요. 요즘 온통 그의 생각으로 가득 차 나를 잃어버린 기분조차 듭니다. 이런 지독한 짝사랑엔 어떤 약이 필요할까요?

— M

↳ PS.

저는 영화를 다 보고 나면 포스터를 다시 찾아보곤 해요. 사진이나 문구가 영화를 보기 전이랑은 다르게 해석된다는 게 재미있어서요. 영화를 본 사람만이 눈치챌 수 있는 의미를 찾아냈을 때는 마음으로 하이파이브를 날리기도 한답니다. 영화 〈플립〉의 포스터를 볼 때도 그랬어요. 커다란 플라타너스 위에 앉아 너른 풍경을 바라보고 있는 줄리와 브라이스의 모습이 담긴 포스터인데요. 영화의 엔딩까지 한 번도 나무에 오른 적이 없는 브라이스가 마침내 줄리라는 풍경 속에 함께하기를 선택한 것처럼 느껴지더라고요.

'어느 날 오후 플라타너스에 올랐다가 그 의미를 깨달았다. 높이 올라갈수록 경치가 더 아름다웠다. 바람 냄새가 향긋하게 느껴졌다. 햇살과 수풀의 냄새였다. 그 달콤한 향기로 내 폐를 채우느라 여념이 없었다. 그 이후로 거기는 내 장소가 됐다. 거기에 앉아서 몇 시간이고 세상을 바라봤다. 어떨 땐 석양이 보라와 분홍으로, 어떨 땐 강렬한 오렌지색으로 지평선의 구름에 불을 지폈다. 그렇게 석양을 보던 어느 날 부분이 모여서 아름다운 전체를 이룬다는 아빠 말씀이 머리에서 가슴으로 옮겨 왔다.'

줄리가 브라이스의 끝없는 거절과 실망스러운 행동에도 자신을 잃어버리지 않을 수 있었던 건 마음속에 단단히 뿌리 내린 나무 덕분이었어요. 소와 잔디와 꽃과 햇살이 한데 어우러지면 마법 같은 풍경이 된다는, 부분이 모여서 아름다운 전체를 이룬다는 걸 일깨워 준 나무 덕분에 브라이스가 좋아하지 않는 나의 부분이 곧 내 전체를 의미하지는 않는다는 걸 잘 알고 있었거든요.

M 님은 어떤 풍경의 사람이 되고 싶으세요? 저는 욕심 부리지 않고 가진 것 안에서 행복한 풍경을 이루고 싶어요. 과하게 흘러넘치지 않는 사람이고 싶어요. 그것이 물질적 풍요든, 감정이든. 부족한 부분이 모여 제법 괜찮은 전체를 이루고 싶어요. 그 풍경이 희미해질 때마다 플라타너스에 오르는 심정으로 이 영화를 꺼내보고 싶어요.

M 님의 마음에도 작은 씨앗 놓아두며.

■ movie: 〈플립〉, 롭 라이너 감독, 2010.

절대 나가지 말아요.
안개 속에서 무슨 일이 벌어질지 몰라요!

걱정은 나의 힘

미스트

중국의 고사에는 하늘이 무너지면 어디로 피하는 게 좋을지 걱정하느라 자지도 먹지도 못한 기나라 사람에 대한 일화가 있습니다. 이 '기나라 사람의 우환'에서 유래된 말이 '기우'인데요. 나는 가끔 내가 전생에 기나라 사람이었던 게 아닐까 생각합니다. 그 정도로 기우가 심하거든요. 일어나지도 않은 일을, 어쩌면 일어나지도 않을 일을 사서 걱정하느라 늦은 밤까지 뒤척이는 날이 많습니다. 기우 리스트로 연재까지 했을 정도이니 자타공인 걱정 전문가인 셈이지요. 나의 걱정에는 근거가 없고, 그래서 한계도 없습니다. 걱정의 스펙트럼이 넓다는 의미인데요. 가까이는 퇴근길 대중교통에서 벌어질 재난을 상상하거나 멀리는 소행성 충돌로 인한 대멸종까지. 내게 일어날 갖가지 최악의 상황을 시뮬레이션하느라 바짝 긴장한 상태로 실전에 돌입할 때가 많습니다.

기우에서 비롯된 불안 증세는 확률이나 논리적인 근거로는 진정이 되지 않는데요. 그야, 미래에 무슨 일이 벌어질지는 아무도 알 수 없는 건데 숫자가 다 무슨 소용이겠어요. 어느 날 갑자기 우리 동네에 괴수가 나타날지도 모르는데 말이죠.

영화 〈미스트〉는 평화로운 호숫가 마을 롱레이크에 기이한 안개가 내려앉으며 시작됩니다. 바깥 상황은 꿈에도 모른 채 주인공 데이비드는 아들 빌리와 장을 보는 중인데요. 그때 한 사내가 피를 흘리며 마트로 뛰어 들어옵니다.

"안개 속에 무언가가 있다!"

놀란 사람들은 마트의 문을 걸어 잠그고 이렇게 말합니다.

"절대 나가지 말아요. 안개 속에서 무슨 일이 벌어질지 몰라요!"

이럴 때 누군가는 꼭 밖으로 나가려고 하잖아요. 역시나 한 여성이 사람들을 헤치고 문을 열려고 합니다. 난 나가야 해요. 아들이 집에 혼자 있어요! 가야 한다고요! 사람들의 만류에도 마트 밖으로 뛰어나간 여성은 곧 안개 속으로 사라집니다. 사람들은 고개를 저어요. 그에게 벌어질 일은 안 봐도 빤하다는 듯.

최근 몇 년간 세상은 마치 안개가 짙게 깔린 롱레이크 마을 같았습니다. 불확실하고 불투명한 게 미래의 속성이라고 하지만, 코로나바이러스로 당장 내일 무슨 일이 일어날지 전혀 알 수 없었던 기간은 한 치 앞도 보이지 않는 안개 속에 갇힌 것과 다름없었지요. 계획이라는 게 얼마나 무용한지, 계획을 세울 수 없는 삶은 얼마나 무기력한지를 그저 오늘의 연속이었던 매일을 보내며 깨달을 뿐이었습니다.

한편, 마트에 남아 있던 사람들은 어떻게 되었을까요? 마트는 정체불명의 거대한 괴생명체들로 쑥대밭이 되어버립니다. 마트가 더 이상 안전한 장소가 아니라고 판단한 데이비드는 아들 빌리를 데리고 마트를 빠져나와 탈출을 시도하지만, 마트 밖 상황은 처참하기만 합니다. 사방에서는 비명이 들려오고, 안개가 언제 걷힐지 모르는 상황에서 코앞까지 다가온 괴수의 울음소리에 데이비드는 선택해야 했죠. 괴수의 공격을 당해 비참하게 죽을지, 아니면 스스로 목숨을 끊을지를요. 결국 자신의 손으로 방아쇠를 당겨 아들 빌리를 먼저 보낸 데이비드의 눈앞에 나타난 건 다름 아닌 구조 탱크였습니다. 살아남기를 포기하게 만든, 괴수라고 오인한 소리의 정체가 실은 탱크의 엔진 소리였던 것이죠. 망연하게 탱크를 바라보는 데이비드의 눈에 구조된 사람들의 얼굴이 보입니다. 그중엔 처음에 홀로 마트를 빠져나갔던 여성도 있습니다. 모두가 죽을 거라고 예상했던 그 여성이, 소중한 아이를 품에 안은 채로요.

영화는 이렇게 이야기하는 것 같아요. 인생이란 한 치 앞도 보이지 않는 안개 속에 있는 것과 같지만 나를 기다리고 있는 것의 정체가 반드시 절망만은 아닐 수 있다고요. 불확실한 미래에 내게 일어날 일은 최악일 수도 있지만 최선일 수도 있습니다. 그렇다고 무작정 낙관하기에 우리의 인생이 그리 협조적이지만은 않지요. 마음 놓고 있을 때 뒤통수를 치는 게 인생이라는 걸 경험해 왔으니까요. 그래서 저는 어떤 일이 벌어져도 실망하지 않을 내 나름의 대비책을 만들었습니다.

최악의 상황을 대비하되 희망의 가능성도 잊지 말기.

이 방법의 효용은 '오케이, 이미 예상한 일이야' 하고 다음으로 넘어갈 수 있는 심리적 쿠션의 역할도 하지만 철저한 대비 끝에 발현되는 안정감으로 희망의 가능성까지 생각해 볼 수 있다는 점입니다. 예를 들어 여행에서 복대를 차는 사람과 그렇지 않은 사람이 있다면 저는 복대 속에 지갑을 숨겨두는 사람입니다. 혹시나 소매치기를 당하더라도 남은 여행에 지장이 가지 않을 만큼의 돈을 따로 보관해 두면 며칠 아쉬워하다가 툭툭 털어내고 다음 일정을 이어갈 수 있으니까요. 아무런 대책도 없이 당하지는 않겠노라! 외치며 꽁꽁 복대를 싸맨답니다. 누군가에게는 과하게 느껴질 수도 있지만 나는 이 복대 덕분에 안전하고 자유로운 여행을 해왔다고 말할 수 있습니다. 어디든 훌훌 단신으로 떠날 수 있는 여행자의 희망찬 발걸음의 비결이지요!

기우라는 게 쓸데없는 걱정을 하느라 현재를 즐기지 못하는 심리 상태처럼 보일 수도 있지만, 나를 안전하게 지켜주고 어떤 결과든 받아들일 수 있게 해주는, 일곱 번 넘어지면 일곱 번 일어나게 해주는 무릎보호대이기도 합니다. 그렇다고 미래에 대한 걱정이나 불안이 완전히 사라지는 건 아니지만, 안개가 걷히길 손 놓고 가만히 기다리거나 포기할 것이 아니라 불안을 디폴트로 절망을 대비하되 희망이 기다리고 있다는 가능성을 잊지 않으며 씩씩하게 살아가기 위한 방식인 셈이지요.

안개 속에서 살아갈 수 있는 자신만의 대비책을 찾길 바라며.

불확실한 미래 때문에 불안해요

안녕하세요. 저는 공무원 시험을 준비하는 수험생입니다. 미래가 너무 불투명해서 사는 게 힘들고 두렵습니다. 이 괴로움과 불안을 어떻게 잘 헤쳐갈 수 있을까요.

— H

↳ PS.

최근에 '기우'가 초능력인 여자아이가 등장하는 소설을 읽었어요. 상대방의 걱정을 대신하는 동안에는 절대 그 일이 일어나지 않는 아름다운 초능력이었습니다. 예를 들어 내일 중요한 시험에서 답안지를 밀려 쓸까 봐 고민인 친구의 걱정을 대신해 주면 그 일은 절대 일어나지 않아요. 저도 편지를 쓰는 동안 H 님의 걱정을 대신했답니다. 그러니 절대 그 일은 일어나지 않을 거예요. 기우가 취미이자 특기인 저의 초능력을 믿어보세요.

■ movie : 〈미스트〉, 프랭크 다라본트 감독, 2008.

슬픔의 벽돌을 주머니에 넣고 다니는 거야.
가끔은 잊기도 하고. 그러다 어쩌다가 그 슬픔을 찾으면
그 자리에 그대로 있어. 이 마음은 절대 사라지지 않아.

상실이 남긴 구덩이를

래빗 홀

《애도 일기》를 번역한 철학자 김진영은 사랑하는 사람의 부재로 받은 상처를 치유하는 방법으로 프로이트의 철학적 개념인 '애도와 멜랑콜리'를 이야기합니다. 애도가 상실의 사랑으로부터 새로운 사랑으로 건너가는 건강한 과정인 반면, 그러지 못하고 자기 안에 고여 있을 때 멜랑콜리가 지속된다고요.

영화 〈래빗 홀〉은 베카와 하위 부부가 아들 대니의 죽음 이후 슬픔을 이겨내는 방식이 달라서 생겨나는 감정 문제를 다룬 영화입니다. 대니와의 추억은 간직한 채 둘째 아이를 갖는 것으로 슬픔을 이겨내려는 하위와 달리 베카는 대니의 흔적을 지워버리는 방식을 택합니다. 대니가 그린 그림, 대니의 옷, 하위의 휴대폰에 있던 대니의 영상, 그리고 대니를 사고로 이끈 반려견도 엄마의 집으로 보내버리죠. 심지어는 대니의 흔적이 너무 많은 이 집에서 떠나고 싶어 해서 남편과 갈등을 빚곤 합니다.

베카의 슬픔은 종종 날 선 말이 되어 튀어나옵니다. 특히 엄마와 대화를 할 때면 인내심이 바닥나곤 하지요. 왜냐하면 엄마는 자꾸 아이를 잃은 부모들 모임이나 교회에 나가서 위안을 찾으라고 말하거든요. 본인은 (베카의 오빠이자) 자신의 아들인 아서가 죽었을 때 교회에서 위로를 받았다면서요. 베카는 엄마에게 소리칩니다.

"근데 그건 내가 아니라 엄마고요. 그리고 이건 아서 오빠가 아닌 대니의 경우라고요."
"아서가 죽었을 때 나도 슬펐지만 너처럼 다른 사람한테 화풀이하진 않았어."

프로이트는 새로운 사랑으로 건너가는 애도가 건강한 과정이라고 말했지만, 누구나 거뜬히 멜랑콜리에서 벗어날 수 있는 건 아닙니다. 누군가에겐 멜랑콜리의 시간이 반드시 필요할 수도 있고요. 아이를 잃기 전과 변함없는 하루를 보낸 뒤 한밤중에 홀로 대니의 영상을 보는 것이 하위가 멜랑콜리에서 벗어나는 방법이라면, 베카에게는 아직 시간이 더 필요한 것뿐이겠죠.

"정말 있을까?"
"평행 우주요? 우주가 무한하다면 모든 게 가능하겠죠. 확률의 법칙에 의하면 이 세상엔 저도 여러 명이고 아주머니도 여러 명이에요."
"이건 우리의 슬픈 버전이구나. 우리의 다른 우주 버전은 편하게 살아갈 수도 있는 거네. 이 이론이 좋아. 그 어딘가에서 난 행복할 테니까."

다행히 베카도 멜랑콜리에서 벗어나는 자기만의 애도 방식을 찾아냅니다. 한 소년에게서 평행 우주로 연결되는 통로인 '래빗 홀'에 대해 듣게 되는데요. 평행 우주가 실재한다면 대니가 죽지 않은 버전의 우주도 있을 테니, 그 우주에서 대니와 함께 살아갈 자신을 생각하며 슬픔의 구덩이에서 빠져나옵니다.

베카는 오래전 자신과 같은 아픔을 겪은 엄마에게 물어요. 아들을 잃은 슬픔이 사라지긴 하냐고요. 엄마는 말해요. 아니, 사라지지 않아. 그래도 변해.

"어떻게요?"

"슬픔의 무게가 변하는 걸지도 모르지. 어느 순간이 되면 견딜 만해져. 이제 슬픔에서 기어 나올 수 있는 거지. 그리고 슬픔의 벽돌을 주머니에 넣고 다니는 거야. 가끔은 잊기도 하고. 그러다 어쩌다가 그 슬픔을 찾으면 그 자리에 그대로 있어. 그 자리에 그대로. 뭐랄까. 마음에 들진 않지만 아들 대신 존재하는 거야. 그래서 주머니에 넣고 다니는 거지. 이 마음은 절대 사라지지 않아. 그건… 사실 생각보다 괜찮아."

엄마의 말대로 사랑하는 이를 잃은 슬픔은 영원히 사라지지 않을 거예요. 마음을 짓누르는 돌덩이 같은 슬픔이 차츰 동글동글한 돌멩이가 되어갈 뿐. 지금은 수시로 튀어나와 다른 사람을 공격하는 베카의 돌덩이도 반들반들한 돌멩이로 변해가겠지요. 돌멩이가 주머니에 있다는 사실이, 언제든 만질 수 있다는 사실이 조금씩 익숙해질 거예요. 모나고 거칠었던 울퉁불퉁한 돌덩이가 마음을 구르고 굴러 낸 상처에 굳은살이 박이는 과정이 애도일 겁니다.

롤랑 바르트의 《애도 일기》에 이런 문장이 있더라고요. "시간은 아무것도 사라지게 만들지 못한다. 시간은 그저 슬픔을 받아들이는 예민함을 차츰 사라지게 할 뿐이다."* 시간이 아무것도 해결해 주지 못하지만 자기만의 애도 방식을 찾을 수는 있게 해줄 겁니다.

* 롤랑 바르트, 《애도 일기》, 김진영 옮김, 걷는나무. 2018.

아빠가 돌아가시고 엄마와의 사이가 소원해졌어요

저는 아버지가 안 계십니다. 마음의 준비를 할 새도 없이 너무나 갑작스럽게 돌아가셔서 가족들 모두 너무 놀라고 상실감이 컸습니다. 특히 어머니가 더 힘들어하셨죠. 그래서 장례식을 치르는 동안 제가 장례에 관련된 모든 것을 상주처럼 도맡아야 했습니다. 남동생은 당시 대학생이고 저 혼자 사회생활을 하는 상태였는데, 저도 처음이다 보니 나무젓가락 하나조차도 돈이라는 게 너무 무섭고 서글펐습니다. 그러나 '나라도 정신 차리고 있어야 한다'라는 생각에 눈물 한 방울 흘리지 않고 상을 다 치렀어요. 어머니는 정신을 놓으시고 방에서 계속 울기만 하셨죠. 그때부터였을까요? 아님 어릴 적부터 엄마와 딸 간의 설명할 수 없는 관계 때문일까요? 장례 끝나고 제가 가장이 되면서 엄마와 동생이 저만 쳐다보는 것이 너무너무 힘들었습니다. 그러면서 제가 엄마한테 참 못되게 굴고 있어요. 벌써 2년이 흘렀지만, 여전히 고쳐지지 않아요.
아버지 돌아가시고 한 번도 펑펑 운 적이 없어서인가 싶은 생각도 드는데 이젠 울고 싶어도 눈물도 나지 않네요. 왜인지 엄마에 대한 원망만 커지고 있어요. 주변 사람들한테 말하면 나중에 후회하지 말고 대화로 풀어보라고 해서 시도해 봤지만, 말만 하면 싸우게 되어 지금은 말도 안 하고 있네요. 너무 속상합니다. 어떻게 풀어야 할까요?

— L

↳ PS.

아버지의 죽음 이후 무너진 엄마의 모습을 지켜봐야 하는 건 두 사람을 모두 잃은 기분일지도 모르겠다고 짐작했어요. 장례는 고인을 애도하고 유가족을 위로하기 위한 의례임에도, 우리나라의 '장례문화'는 상주의 의무가 납득하기 힘든 비용으로 부과되어 애도와는 거리가 먼 형식적인 절차로 느껴지기도 합니다. 수의, 제단, 입관 용품, 장지 용품, 염습 인건비, 제단과 꽃값, 음식 종류 등 대여섯 장이 넘어가는 항목들로 이루어진 서류에 서명을 마치고 나면 거의 모든 단계가 어떤 의미를 지니는지도 모르는 채 금액으로 환원되죠.* 고인을 애도하기 위해 자리해 준 사람들을 보며 위로를 받기도 하지만, 상복에 넣어둔 볼펜으로 서명을 해야 하는 일들이 불쑥불쑥 끼어드니 흠뻑 슬퍼할 겨를이 없는 게 우리나라 장례의 현실이지요. 그래서 우리는 장례식 이후 진짜 애도의 시간과 방식을 찾아야 하는 걸지도 모릅니다. 슬픔이든 분노든 후회든 나를 장악한 감정을 추스르고 다음으로 나아가기 위해서요.

* 사과집, 《딸은 애도하지 않는다》, 상상출판. 2021.

ㄴ 님이 애도의 방식을 찾는 데 도움이 될 책이 있습니다. 아버지의 죽음 이후 마주하게 되는 현실과 혼란스러운 애도의 과정을 글로 쓴 사과집 작가의 《딸은 애도하지 않는다》입니다. '글쓰기가 여진을 감당하는 유일한 방법이었다'는 작가의 기록을 읽어보시길. 그리고 작가의 말처럼 '그렇게 모든 것이 끝난 후에 사실은 이 모든 과정이 적절한 애도였다는 것을 알아차릴 때가 오길' 바랍니다.

사랑의 부재로 생긴 구덩이를 다시, 사랑으로 채우길 바라며.

■ movie: 〈래빗 홀〉, 존 캐머런 미첼 감독, 2010.

내일 아침에 오실 때 돌멩이 두 개를 갖고 와서 내게 던지세요.
잠이 들었을 뿐 살아 있을 수도 있잖아요.

부디 사소한 이유로 살아주세요

체리향기

〈남으로 창을 내겠소〉라는 시를 아시나요? 남쪽으로 창문을 낸 집에서 공으로 새소리를 듣고 옥수수가 익걸랑 친구와 함께 먹으며 유유자적 살겠다는 소망을 담은 김상용의 시. 내가 이 오래된 시를 기억하고 있는 건 마지막 문장 때문입니다.

왜 사냐건 웃지요.

왜냐하면 10대의 미화리는 나의 노력과는 무관하게 찾아오는 불행, 예를 들어 가난에서 비롯된 가정불화와 미래에 대한 불안을 감당하면서까지 나는 왜 살아야 하는가, 삶의 의미는 무엇인가에 대한 생각으로 잠들지 못했거든요. 그런 때에 마주친 이 시의 화자는, 왜 사냐는 질문에 웃음으로 대답을 대신합니다. 삶에 무슨 의미가 있겠냐는 듯 미련 없이요.

저는 그때 이해하게 된 것 같아요. 삶이 그렇게 대단하지 않을 수 있다는 것. 내 삶이 무조건 행복으로만 가득 차야 하는 건 아니라는 것. 인생에 나쁜 일은 얼마든지 일어날 수도, 일어나지 않을 수도 있다는 것까지. 이 단순하고 당연한 명제는 삶에 절망만 주는 것이 아니라 죽지 않을 이유도 만들어주었습니다. 이유 없이 찾아오는 불행은 막을 수 없다는 걸 인정하고 나니 행복한 삶에 대한 부담에서 한결 가벼워질 수 있었습니다. 행복과 기쁨이 가득하지 않은 삶이라도 그냥, 그냥 살아갈 수 있겠더라고요. 행복하지 않아도 죽지 않고 살아갈 수 있게, 불행이 곧 죽음으로 이어지지 않게.

당연하게도 삶의 큰 의미 같은 것 없이도 살고 싶어지는, 더 잘 살아내고 싶어지는 순간은 언제든 어디에든 있었습니다. 〈체리향기〉도 그런 영화입니다. 삶의 의지를 상실해버린 주인공이 죽기 위해 길을 떠났다가 불현듯 살고 싶어지는 순간을 만나는.

"저기 있는 구덩이 보이지? 내일 아침 여섯 시에 여기에 와서 날 두 번 불러. 바디 씨! 바디 씨! 내가 대답하면 날 구덩이에서 꺼내줘. 내가 대답하지 않으면 내 시신 위로 흙을 스무 삽 퍼서 던져줘. 그런 다음, 차에 20만 토만을 둘 테니 그 돈을 갖고 가."

'바디'는 종일 자신의 시신 위로 흙을 덮어줄 사람을 찾아다닙니다. 돈이 필요해 보이는 사람을 차에 태운 뒤 미리 파놓은 구덩이로 데려가 말하죠. 오늘 밤 수면제를 먹고 저 구덩이에 누울 건데 돈은 얼마든지 줄 수 있으니 손을 좀 빌려달라고요.

"더 살아갈 수 없는 때도 있는 거야. 너무 지쳐서 신의 결정을 기다릴 수가 없는 거지. 그래서 스스로 결단을 내린 거야. 그게 바로 자살이란 거고. 자살이란 단어는 사전에만 있는 게 아니야. 실제로 적용될 때도 있어. 인간 스스로 결정할 수도 있어. 난 고단한 내 인생을 끝마치기로 했어."

바디의 사정을 듣고도 사람들은 그의 부탁을 거절합니다. 누군가의 죽음에 이런 식으로 관여하고 싶지는 않을 테니까요. 몇 번의 시도 끝에 결국 한 노인이 그의 제안을 수락합니다. 노인에겐 아픈 자식이 있었고 병원비가 필요했기 때문이었죠. 아들만 아니라면 절대 받아들이지 않을 부탁이었다는 말을 덧붙인 노인은 잠시 고민하다가 자신의 이야기를 들려줍니다. 사는 것이 고달파 삶을 정리하기 위해 집을 나섰던 젊은 시절의 이야기를요.

"내게 무슨 일이 있었는지 말해드리지. 결혼한 직후였소. 온갖 어려움이 산적해 있었지. 난 너무 지쳐서 끝장을 보기로 마음먹었고, 동이 트기 전에 차에 밧줄을 실었소. 뽕나무 농장에 도착했을 때까지도 해가 뜨지 않았지. 나무에 밧줄을 던졌지만 걸리지 않았소. 그래서 직접 나무 위로 올라가 밧줄을 단단히 동여맸소. 그때 내 손에 부드러운 게 만져졌는데, 체리였소. 탐스럽게 잘 익은 체리. 그걸 하나 먹었는데, 과즙이 가득했소. 그때 산등성이에 태양이 떠올랐고, 정말 장엄한 광경이었소. 그리고 어디선가 학교에 가는 아이들 소리가 들려왔소. 그 애들은 가다 말고 서서 날 쳐다보더니 나무를 흔들어달라고 했소. 체리가 떨어지자 애들이 주워 먹었지. 나도 체리를 주워 집으로 향했다오. 자살하러 떠났다가 체리를 갖고 집으로 돌아온 거지. 아내는 그때까지 자고 있더군. 잠에서 깨어나 아내도 체리를 먹었소. 아주 맛있게."

노인은 계속 이야기합니다. 살고 싶어지는 생의 풍경을. 새벽에 떠오르는 태양, 붉게 노을 지는 하늘. 별과 보름달이 뜨는 밤. 계절마다 가지각색으로 열매 맺는 과일들. 그걸 거부할 수 있어요? 전부 포기하고 싶은가요? 체리 맛을 포기할 수 있어요?

별다른 대꾸 없이 노인을 내려주고 집으로 돌아가던 바디의 눈에 붉게 물든 저녁노을이 반짝입니다. 운동장을 뛰노는 아이들의 웃음소리도 들려오고, 서로의 사진을 찍어주는 연인의 모습도 보입니다. 바디는 급하게 차를 돌려 다시 노인을 찾아가 다급하게 외칩니다.

"내일 아침에 오실 때 돌멩이 두 개를 갖고 와서 내게 던지세요. 잠이 들었을 뿐 살아 있을 수도 있잖아요."

노인은 대답해요. 돌멩이 두 개론 부족하지. 세 개를 던지리다. 바디는 일이 바쁘다며 돌아가는 노인의 뒤통수에 대고 소리쳐요.

"내 어깨도 흔들어보세요! 살아 있을 수도 있으니까요! 약속하신 거예요!"

영화는 이렇게 끝이 납니다. 바디가 어떤 아침을 맞이할지 알 수 없는 채로요. 불현듯 손에 쥔 체리 한 알로 생의 감각을 포기할 수 없게 되어버린 노인처럼, 바디가 무사히 깨어나기만을 바랄 뿐이죠.

체리 향기 때문에 살고 싶어졌다고 해서 나를 죽음으로 내몰았던 문제가 아무것도 아닌 게 되어버리진 않습니다. 체리는 월세를 내주지도, 아픈 가족을 살려내지도 못하니까요. 나쁜 일은 여전히 나쁜 채로 남아 있을 겁니다. 다시 살아보고자 집으로 돌아온 노인의 삶에 또 어떤 불행이 닥쳐왔을지 우리는 모릅니다. 하지만 노인은 알게 된 거겠죠. 절망과 불행뿐인 인생이라도 살고 싶어지는 순간이 있다는 걸. 그 힘으로 또 어찌어찌 살아가게 되는 게 생生이라는 걸요.

언제든 내 삶에 불행이 끼어들 수 있다는 걸 인정한 뒤로도 제 삶은 크게 달라지지 않았습니다. 하나의 문제가 해결되면 기다렸다는 듯 다른 문제가 문을 열고 걸어 들어오는 것 같았지요. 그럴 땐 성실히 괴로워하고 또 아파했습니다. 웃음이 터지는 날엔 대책 없이 웃기도 하면서요. 삶에서 도망치고 싶다는 생각이 완전히 사라진 건 아니었지만, 죽고 싶다가도 살아 있어서 선명하게 감지되는 행복한 순간을 만지작거리다 보면 어느새 그냥, 그냥 살아지더라고요.

공원에 앉아 산들산들 불어오는 바람을 느끼며 여유를 부릴 때, 여행지에서 어렵게 배운 외국어를 한마디 써먹었을 때, 샤워 후 시원한 맥주 한잔을 마시며 아무렇게나 널브러져 있을 때, 이제 막 배우기 시작한 취미가 나의 천직처럼 느껴질 때. 이런 보잘것없이 사소한 순간들이 저의 체리 열매인 거겠죠.

왜 살아야 하는지, 고난뿐인 삶을 왜 견뎌야 하는지 도무지 알 수 없을 때 부디 사소한 이유로 살아주세요. 삶의 의미 같은 건 없어도, 눈물이 터질 듯 코끝이 찡하고 턱 끝까지 숨이 차오르고 귓가가 간지럽고 눈이 부시고 군침이 도는, 당신만의 체리 한 알을 떠올려 주세요.

부디 이 편지도 당신의 체리이길 바라며.

힘들 때마다 죽고 싶어져요

안녕하세요. 저는 고등학교 3학년이 된 지극히 평범한 학생입니다. 저는 죽음이라는 단어를 자주 사용합니다. 넘어서기 힘든 것들을 마주할 때마다 정면으로 마주 서지 않고 그냥 단순히 제가 죽기를 바랍니다. 어른들이 보기엔 별것 아닌 것 같아 보이는 문제들이겠지만 열아홉의 학생이 겪는 삶의 고난은 그 나름대로 고통스럽습니다. (외모 콤플렉스, 성적, 우정, 부모님과 갈등, 미래 진로, 인생 가치관 등.) 저는 힘들 때마다 죽음에 가까워지려고 합니다. 막상 죽을 용기는 없어 매번 회피하는 사람이라 부끄럽고 화도 많이 납니다.
제가 우울을 사랑할 수 있는 사람이 되면 좋겠습니다. 전 우울할 때마다 다른 사람들의 우울을 보는 것을 좋아합니다. '동병상련'이라고나 할까요. 나 같은 사람이 또 있다는 것을 확인할 때 드는 안도감…. 나만 힘든 게 아니라는 안심이 들고, 나만 나약한 존재가 아닌 것 같다는 소속감도 듭니다.
제가 단단한 사람이 되었으면 좋겠습니다. 어쩌면 내 안에 스스로를 살리고 싶은 간절함이 숨어 있는 것도 같습니다. 영화처방사님, 자꾸만 죽음으로 나를 내몰려는 저에게 숨을 불어넣어 줄 처방서를 내려주세요!

— Y

↳ PS.

언젠가 또 구덩이에 눕고 싶어질지 모를 Y 님을 위해 돌멩이 세 개를 준비할게요. 혹시 모르니 어깨도 흔들어볼게요.

■ movie: 〈체리향기〉, 아바스 키아로스타미 감독, 1997.

내가 죽어도 모두가 울어줄까? 나를 떠올리면서 말이야.

나를 만나 다행이었다고
요노스케 이야기 & 스탠 바이 미

죽음에 대해 생각한다는 건 무엇일까요. 조금 이상하게 들릴지도 모르지만 저는 자주 죽음을 떠올립니다. 내 삶이 나랑 너무 바짝 붙어 있는 게 지겨워서 휘파람이나 불며 관망하고 싶을 때, 동네를 걷다가 우연히 혼자 숫 연습하는 아이를 발견한 동네 청년처럼 속으로 박수도 쳤다가 아쉬워도 했다가 다시 제 갈 길을 가고 싶어질 때, 내 인생이랑 그 정도만 가깝고 싶어질 때 황당할 정도로 당연한 명제를 기억해 냅니다. 사람은 누구나 죽지. 그게 오늘 밤일지도 몰라. 죽음을 떠올리면 내 삶을 망원경으로 바라보게 되는 것 같아요. 현미경으로 촘촘하게 짜인 삶의 입자를 확대해 보는 것이 아니라 먼 거리에서 찬찬히 내 삶을 관측할 수 있게 되지요.

그럼 어떤 일이 벌어지냐면 설렁설렁 살고 싶어집니다. 조금 전까지 머리를 쥐어뜯게 만들던 일들에 연연하고 싶지 않아집니다. 이것보다 중요한 게 있지 않을까? 뭔가를 놓치고 있는 게 아닐까? 궁금해집니다. 그러니까 오늘 밤에 죽을지도 모른다고 생각하는 건 그런 힘이 있습니다. 집을 나서기 전 눈을 마주치며 '잘 다녀올게' 인사하는 힘, 잠결에도 사랑한다고 주문처럼 중얼거리는 힘, 매일 한 시간은 나를 행복하게 하는 비생산적인 일로 채우는 힘, 내가 죽고 나서 공개될지도 모를 기깔나는 원고를 쌓아두는 힘, 내가 갖지 못한 물질적인 풍요에 덜 초라해지는 힘. 내일은 몰라도 오늘은 어떻게 보내야 할지 알게 되는 힘.

최근에는 내 장례식장에서 나와의 에피소드를 떠들며 눈물이 날 정도로 웃어젖히는 친구들의 얼굴을 상상해 보았는데요. 그래서 더 웃겨지고 싶어졌습니다. 요노스케를 떠올리면 속절없이 웃음이 터져 나오는 친구들이 여럿 등장하는 영화 〈요노스케 이야기〉처럼요.

나가사키에서 이제 막 상경한 요코미치 요노스케는 도쿄의 모든 게 새롭고 신기합니다. 어디서 사기나 당하지 않을까 걱정이 될 정도로 어리바리하지만, 대학교 입학식에서 옆자리에 앉은 쿠라모치랑 유이와 친구가 되어 삼바 동아리에도 가입하고, 에어컨이 있는 카토네에서 여름 내내 신세도 지고, 우연히 알게 된 부잣집 아가씨 쇼코와 연애도 합니다. 매끈하지는 않아도 무사태평한 요노스케가 20대에 만난 아주 평범한 인연과 서로 영향을 주고받은 소소한 사건들이 영화의 러닝타임 내내 잔잔하게 펼쳐집니다. 너무 무난해서 10년 뒤에는 가물가물해질 기억들이지요.

아니나 다를까 시간이 흘러 요노스케는 인생에 등장했다가 사라지는 수많은 인물 중 하나가 됩니다. 과거에 얼마나 애틋한 날들을 함께했든 현재의 쿠라모치와 유이에게, 카토에게, 쇼코에게 요노스케는 이제 생각날 일이 거의 없는 아주 오래전의 흐릿한 얼굴일 뿐입니다. 그런데 그럴 때 있잖아요. 문득 형광등이 켜지듯 옛 친구가 떠오를 때. 왜인지는 몰라도 요노스케가 떠오르면 친구들은 어김없이 웃음이 터집니다. 으하하. 요노스케 그 녀석 참 바보 같았단 말이야. 내 인생에도 그런 환한 순간이 있었지! 하면서요.

그렇다고 요노스케와의 시간이 내일이면 잊어버릴 농담처럼 흘러가기만 한 건 아니었습니다. 쿠라모치와 유이에게 아이가 생겼을 때 아르바이트로 번 돈을 선뜻 빌려준 사람도, 유이의 출산일에 정신없을 두 사람을 대신해 여러 일을 처리해 준 사람도, 카토가 커밍아웃을 한 이후에도 변함없이 찾아가 친구가 된 사람도 요노스케뿐이었거든요.

"내가 죽어도 모두가 울어줄까? 나를 떠올리면서 말이야."

"글쎄, 요노스케를 떠올리면 분명 모두 웃지 않을까?"

이거다! 저는 생각했어요. 이거야! 어차피 죽을 거라면 내 장례식장에 모인 친구들이 나를 떠올리며 으하하 웃을 만한 일들을 잔뜩 만들어버리자! 그건 내가 개그맨처럼 사람들을 웃겨야 한다는 의미는 아닐 겁니다. 가끔은 엉엉 울어버리게 될 일도 생기겠죠. 슬픈 소식을 전해야 할 때도 있을 거예요. 하지만 그런 순간에도 요노스케처럼 관계를, 삶을 진심으로 대한다면, 매일을 그런 날들로 채워간다면, 훗날 나를 이렇게 기억해 주는 사람도 생기지 않을까요?

"오늘 지나가는 사람이 엄청나게 땀을 흘리는데 누굴 닮았다 싶었더니 요노스케였어. 대학 들어가자마자 바로 친해진 친구였는데 아,

넌 그 녀석 모르는구나. 뭔가 득 본 기분이네. 지금 생각하면 녀석이랑 만난 것만으로도 너보다 상당히 득을 본 것 같아."

〈요노스케 이야기〉가 요노스케와 함께한 평범한 나날들을 담았다면 잊을 수 없는 단 하루의 강렬한 기억을 담은 영화도 있습니다. 영화 〈스탠 바이 미〉는 열두 살 소년 고디, 테디, 크리스, 번이 걸어서 꼬박 하루가 걸리는 곳으로 실종된 아이의 시체를 찾아 모험을 떠나는 이야기입니다.

"얘들아, 우리가 레이의 시체를 찾아내면 신문에 우리의 사진이 실릴 거야."
"TV에도 나가고 영웅이 될 거야!"

마을의 영웅이 되고 싶었던 네 명의 아이는 철조망을 넘고(커다란 개한테 쫓김) 기찻길을 건너고(기차에 치여 죽을 뻔함) 늪을 지나고(거머리가 온몸에 들러붙어 피가 줄줄 남) 주먹다짐도 했다가(화해는 꼭 함) 어둑한 새벽 번갈아 불침번을 서면서(여우 울음소리 들림) 점점 시체와 가까워져 갑니다. 폭염과 배고픔에 포기하고 싶다가도 오로지 죽은 소년의 시체를 본다는 생각에 사로잡혀 고집을 부리듯 목적지로 나아갑니다.

그런데 막상 죽을 고비를 넘기며 겨우 시체를 발견하고 나니 생각보다 기쁘지 않습니다. 눈앞의 죽음에 압도되었다고 할까요. 상념에 잠긴 아이들은 영웅이 되려던 목적은 잊고 시체를 제대로 수습한 뒤 왔던 길을 되돌아갑니다. 겨우 이틀 만에 돌아온 것뿐인데 마을이 이전과 달라 보입니다. 세상의 전부였던 마을이 작아 보입니다.

이 모험담을 이끌어나가는 소년 고디는 커서 작가가 되는데요. 글 쓸 소재가 떨어지면 우리의 이야기를 쓰라던 크리스의 말대로, 고디는 시체를 찾으러 떠났던, 자신의 세상이 조금 변했던 단 하루의 이야기를 써 내려갑니다. 그리고 자신의 재능을 믿어준 유일한 친구인 크리스를 향한 마음을 마지막 문장에 담아냅니다.

크리스를 못 본 지 10년이 넘었지만 나는 그를 영원히 그리워할 것이다.

눈치채셨을지 모르지만 요노스케와 크리스는 영화에서 모두 죽음을 맞이합니다. 친구들이 두 주인공을 떠올리는 시점은 이미 두 사람이 죽은 이후였던 것이죠. 인간은 모두 죽는다는 사실을 받아들인다고 해도 너무 이른 죽음이었습니다. 그렇다고 두 사람의 인생이 단지 죽음을 향해서만 나아갔다고는 생각하지 않아요. 시간은 우리를 죽음으로 데려다 두겠지만 사는 동안 시간을 잠시 멈춰 세울 pause의 순간(기억)을 계속 만들어내는 한, 죽음이 우리 삶의 목적지일 수는 없습니다. 죽음은 막을 수 없고 언제 죽을지도 알 수 없으니, 기억에 영원히 남을 순간을 많이 만들어두는 게 우리가 시간에게 할 수 있는 작고 귀여운 반항이겠지요. 그런 의미에서 요노스케와 크리스는 엄청난 반항아였을 겁니다.

죽음에 대해 생각한다는 건 무엇일까요? 저는 그게 삶을 생각하는 거라고 생각해요. 곧 죽을지도 모른다고 생각하면 더 잘 살고 싶어지거든요. 제게 '잘' 산다는 건 나를 만나 다행이라고 여기게 되는 삶이에요. 가족도, 친구도, 그리고 나도. 나를 만나 다행이었던 삶. 좀 더 욕심을 낸다면 나랑 만난 게 득을 본 것 같은 삶. 사는 동안 그런 기억을 많이 만들고 싶어요.

우리는 살아가는 게 아니라 죽어가는 걸까요?

막 스무 살이 되었습니다. 예전엔 안 그랬는데 나도 이제 서른이 되고, 마흔이 되겠다는 게 확 실감이 납니다. 점점 아픈 곳이 늘어나는 우리 집 반려견들을 볼 때면 우리는 결국 죽음을 향해 가는 걸까? 살아가는 게 아니라 죽어가는 걸까?라는 생각이 들어 울적해지기도 합니다.

— D

↳ PS.

고디와 친구들이 1박 2일 동안 생고생을 해가며 시체를 발견했을 때, 마침 소문을 듣고 출발한 또 다른 무리가 있었습니다. 그들은 무려 자동차를 타고 두 시간 만에 도착해 고디에게 시체를 내놓으라고 하는데요. 그때 크리스가 이렇게 소리칩니다.

"너흰 차 타고 왔잖아! 그건 불공평해!"

차 타고 온 애들은 절대 모를 삶의 비밀이 1박 2일에 숨겨져 있었을지도 모릅니다. 제가 D 님에게 해드릴 수 있는 말은 이게 전부인 것 같아요.
최대한 돌아서 가세요. 엔딩까지 천천히, 멀리.

■ movie : 〈요노스케 이야기〉, 오키타 슈이치 감독, 2013.
& 〈스탠 바이 미〉, 롭 라이너 감독, 1986.

The End

↳ PS. 꽃밭을 만드는 마법

이 편지를 쓰고 있는 지금은 2024년 5월. 그러니까 왓챠를 통해 고민 사연을 받은 지 2년이 막 지난 시점입니다. 2년이 얼마나 긴 시간인지 알고 싶어서 인스타그램에서 2년 동안의 게시글을 확인해 보았는데요. 왓챠 영화처방 이벤트를 알리는 게시글 이후로 저는 기혼자가 되었고, 어떤요일을 포함해 다섯 곳에서 연재를 마쳤으며, 다섯 번째 단행본과 한 권의 사진집을 출간했더라고요. 제자리걸음이라고 생각했는데 지나고 보니 나선으로 걷고 있었다는 영화 〈리틀 포레스트〉의 대사가 생각나는 시간이었습니다.

2년간 한 달에 한 통씩 편지를 쓰고 싶었지만, 절반의 편지는 사연을 받은 2022년 상반기에, 나머지 절반은 최근에야 보내드릴 수 있었습니다. 편지를 쓰면서 여러분의 2년은 어떠했을지, 2년이나 늦은 답장을 받아볼 여러분에게 제가 얼마나 뚱딴지같은 소리를 하고 있는 걸지 걱정하면서도, 마음 한구석에서는 여러분이 완전히 다른 선택을 했기를 바라기도 했습니다. 그래서 아주 보기 좋게 저를 한 방 먹여주기를, 어떤 영화 속 주인공이라도 현실의 여러분을 대체할 이야기는 없다는 걸 제게 톡톡히 알려주기를.

편지를 쓰는 틈틈이 영화 보기도 게을리하지 않았습니다. 그중에는 애니메이션 〈장송의 프리렌〉도 있습니다. 1000년을 사는 요정 프리렌이 먼저 세상을 떠난 인간 동료들을 다시 만나기 위해 혼이 잠들어 있다는 '오레올'로 향하는 여정을 담은 이야기입니다. 프리렌은 현재 남아 있는 거의 유일한 엘프이면서 동시에 마왕을 쓰러트릴 만큼 무진장 강한 마법사인데요. 그런 프리렌이 가장 좋아하는 마법은 '꽃밭을 만드는 마법'입니다. 누군가는 그런 하찮은 마법을 좋아하는 프리렌을 비웃지만, 꽃밭을 만드는 마법은 길을 잃고 겁먹은 아이를 안심시킬 수 있는 마법이거든요.

꼭 그런 마음으로 편지를 썼습니다. 여러분에게 저의 마법과도 같은 영화를 소개할 수 있어서 기뻤습니다.

— 여러분의 영화처방사, 미화리